GUNDAM SEED ASTRAY

1

SERPENT TAIL
MISSION-LIST
MISSION 01
劾は、ザフト軍の補給基地を襲撃。クルーゼ隊のミゲル・マイアンと戦闘になる。ミゲル専用ジンVS劾専用ジン。劾がブルーフレームを入手する前の任務。
MISSION 02
オーブ本国よりアストレイの破壊、消去の任務を受ける。しかし、依頼者の裏切りにあい、ブルーフレームを破壊せず入手することに。
MISSION 03
地球連合の宇宙
ミスの護衛任
ガルシア
い、や

…の任務を受け
し、依頼者の裏切
い、ブルーフレーム
破壊せず入手することに。

MISSION 03

地球連合の宇宙要塞アルテミスの護衛任務。
ガルシア司令の裏切りにあい、やってきたジャンク屋ロウのレッドフレームと戦うことに。

MISSION 04

海賊に占拠されたアルテミスに潜入、鉄壁の防御システムを持つ要塞を攻略し、ガルシア司令を救助する。

MISSION 05

劾は、ブルーフレームで軍事衛星施設に潜入し、内部の発電施設を破壊する。

MISSION 06

軍事企業アクタイオン社からレッドフレーム奪取を依頼されるが、拒否する。

MISSION 07

ミラージュコロイドの実験機の破壊任務。
ブルーフレームは、オプションパーツ「コンプリート・センサー」を装備。

MISSION 08

暴走状態の高速実験艦からのデータ回収任務。
ブルーフレームは、巨大なブースターを装備して高速の世界での任務に挑む。

MISSION 09

イライジャは、パトリッ
ク・ザラより、ザフト軍の
兵ヴェイアの追跡依頼
る。
劾は、連合からの
えた核兵器を追

屋ロ

フト軍
追跡を受け
同時期、劾は、
依頼で、消えた核
MISSION 09
イライジャは、パトリック・ザラより、ザフト軍の脱走兵ヴェイアの追跡依頼を受ける。同時期、劾は、連合からの依頼で、消えた核兵器を追跡する。
MISSION 10
任務の中で、ジャンク屋ロウとの再会。ASTRAYを奪おうという連合軍と戦う。
MISSION 11
デブリ帯で、傭兵仲間の裏切りにあう。風花・アジャーがピンチを救う。
MISSION 12
劾は、情報屋ルキーニより、ロウを助けるように促されるが、拒否する。ルキーニの雇った殺し屋に襲われるが、なんなく撃退。
MISSION 13
連合からの依頼で地上に降り、ザフト軍を攪乱。
MISSION 14
劾と風花は、シーゲル・クラインの依頼により、アマゾンの村を守るため戦う。
MISSION 15
ザフト軍からの任務遂行中
で、ジブラルタル基地に
たイライジャとロレッタ
マーチン・ダコスタ
により、ロウを助
に。二人は、バ
ド専用バクゥ
MISSI
風花
人

任務遂行中
ル基地にい
とロレッタは、
ダコスタの依頼
ロウを助けること
二人は、バルトフェル
専用バクゥで出撃する。

MISSION 16
風花・アジャー、劾の代理
人として、交渉のため単身
オーブへ。
オーブのエリカ・シモンズ
と接触。さらにアークエン
ジェルの情報も入手する。

MISSION 17
オーブの依頼により、劾と
イライジャは、M1アスト
レイと模擬戦闘。
マユラ、アサギ、ジュリの
訓練中、襲ってきたザフト
軍を撃退。

MISSION 18
連合の依頼により、人工島
ギガフロートを防衛。
ブルーフレームは水中用装
備になる。任務中にゴール
ドフレームと接触、戦闘に。

MISSION 19
謎のコーディネイター、ソ
キウスの挑戦を受ける。
劾は、傭兵としてではなく、
一個人として挑戦を受ける。

MISSION 20
戦争終結後。太陽の中に設
置された謎の砲台の破壊任
務。
ブルーフレームは、フルア
ーマー装備で、太陽の中へ。

Serpent Tail MEMBER

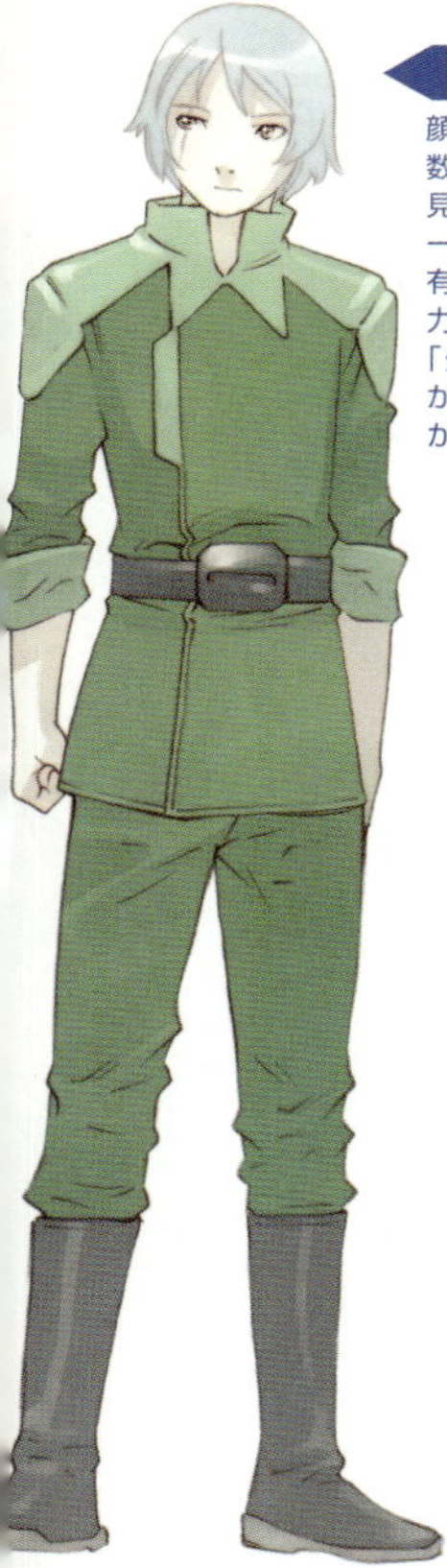

イライジャ・キール

コーディネイター

顔を含め全身に多数の傷がある。外見以外は何故かコーディネイター特有の優秀な身体能力を有しておらず、「外見だけで中身がない」というのが彼の苦悩。

叢雲劾《ムラクモガイ》

コーディネイター

地球連合軍の軍服を改造した軍服とサングラスをかけていること以外、詳細不明。どんなミッションでも必ず生きて帰ってくる経歴が、彼の神秘さに拍車をかけている。

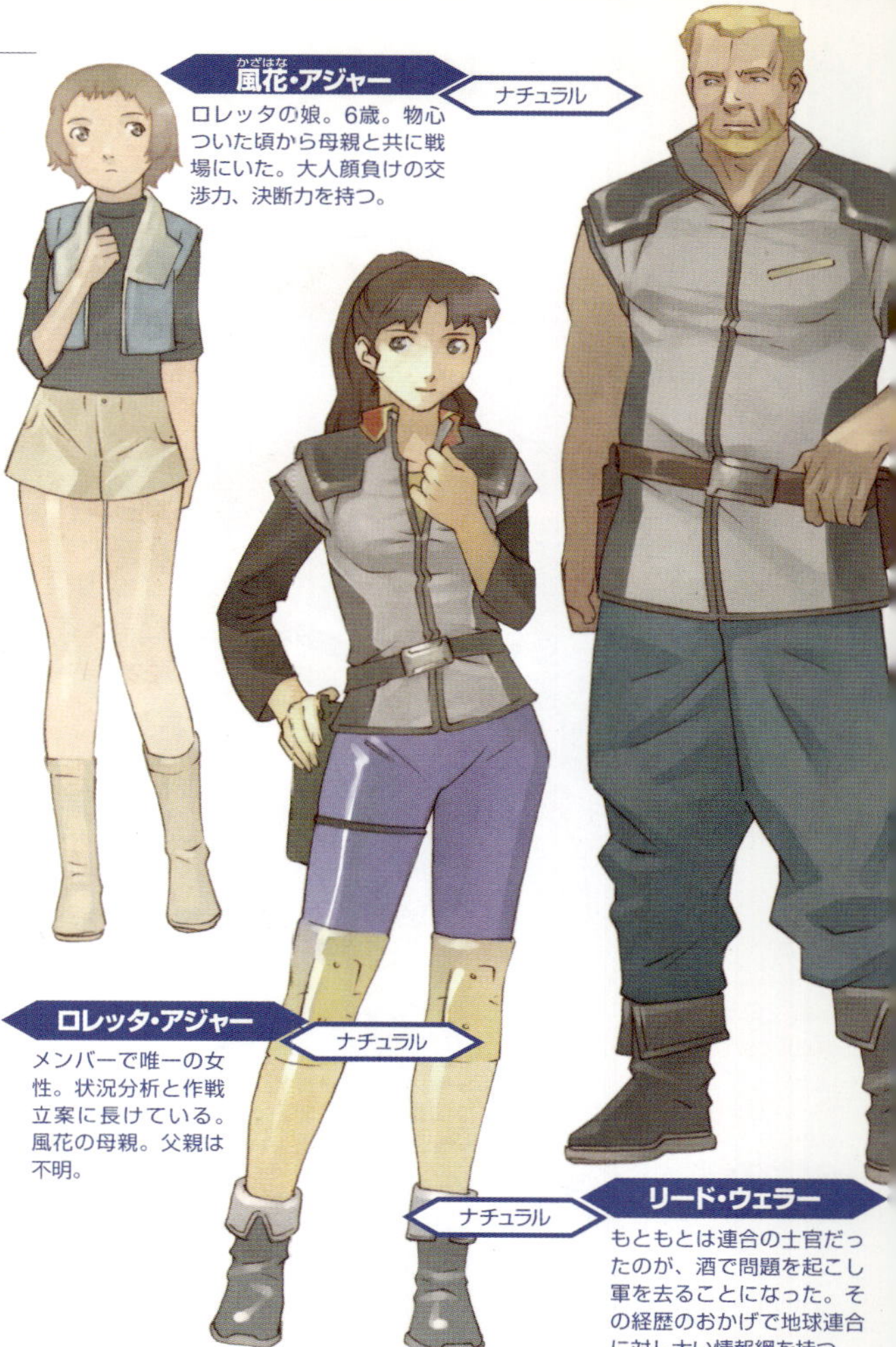

風花《かざはな》・アジャー

ナチュラル

ロレッタの娘。6歳。物心ついた頃から母親と共に戦場にいた。大人顔負けの交渉力、決断力を持つ。

ロレッタ・アジャー

ナチュラル

メンバーで唯一の女性。状況分析と作戦立案に長けている。風花の母親。父親は不明。

リード・ウェラー

ナチュラル

もともとは連合の士官だったのが、酒で問題を起こし軍を去ることになった。その経歴のおかげで地球連合に対し太い情報網を持つ。

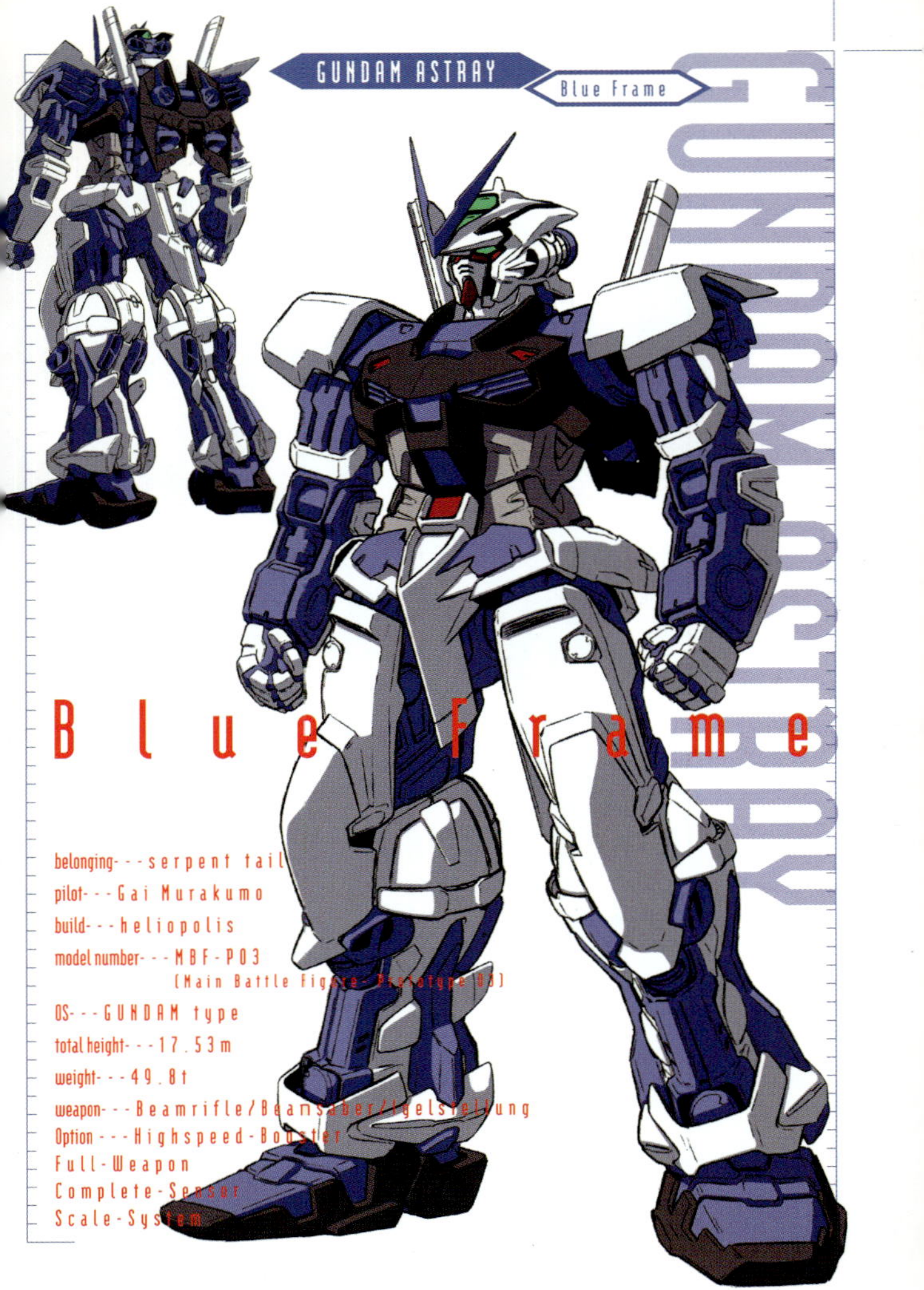

GUNDAM ASTRAY
Blue Frame
GUNDAM ASTRAY
Blue Frame
belonging---serpent tail
pilot---Gai Murakumo
build---heliopolis
model number---MBF-P03
(Main Battle Figure-Prototype 03)
OS---GUNDAM type
total height---17.53m
weight---49.8t
weapon---Beamrifle/Beamsaber/Igelstellung
Option---Highspeed-Booster
Full-Weapon
Complete-Sensor
Scale-System

機動戦士ガンダムSEED《シード》
ASTRAY《アストレイ》①

原作／矢立　肇・富野由悠季
著／千葉智宏（スタジオオルフェ）

角川文庫　13058

■プロローグ

地球圏《けん》は今、戦いの時代にあった。

人類は、二つに分かれ争いをはじめたのだ。地球上に住む〝ナチュラル〟と、宇宙のコロニー＝プラントに住む〝コーディネイター〟。

ナチュラルが自然のままの人類であるのに対し、コーディネイターは、生まれる前に優性な遺伝子を組み合わせた、文字通り「調整《コーディネート》」された人類だった。

優秀《ゆうしゅう》な遺伝子を持ち、あらゆる面でナチュラルを凌駕《りょうが》する新人類に対し、親ともいえる立場の旧人類は、支配的な立場を取ろうとした。それは、優秀な者に対する恐怖心《きょうふしん》だったのかもしれない。しかし、支配される当事者にとっては、「迫害《はくがい》」以外の何物でもなかった。

――コズミック・イラ（統一暦）70。

両者の対立は決定的なものとなる。ナチュラルの手によって、コーディネイターの住むプラントの一つ〝ユニウスセブン〟が破壊《はかい》されたのだ。世に言う『血のバレンタイン』の悲劇だ。

この事件により、コーディネイターの命の多くが宇宙に散った。

ここに至って、コーディネイターの我慢《がまん》は限界に達した。彼らは、以前より自らの同胞《どうほう》を守るために組織していた軍隊〝ザフト〟を本格的に始動させる。

ザフト軍は、ただちに行動を開始する。父であるナチュラルたちと戦うため、母である地球に対し攻撃《こうげき》をしかけたのだ。

対する地球では、各国が利害を超《こ》え協力しあい地球連合軍を組織していた。

開戦当初、圧倒《あっとう》的な物量を誇《ほこ》る地球連合の勝利は揺《ゆ》るぎないもののように思われた。

しかし、その予測は裏切られる。

ザフト軍は、それまでの常識を覆《くつがえ》す人型の機動兵器〝モビルスーツ〟を開発していたのだ。

汎用《はんよう》性と機動力に富んだモビルスーツは、少ない戦力で地球連合軍を圧倒した。

優秀な少数の兵器と、大軍のぶつかり合い。いびつな形にバランスの取れた戦いは、局地的に決着が付くことはあっても、大局での決着を見ることはなくなった。

戦局は疲弊《ひへい》し、開戦から11ヶ月が経過した。

終わりが見えず、長引く戦いの中にあっても、人々は生きていかねばならない。「生きる」ことに関してはナチュラルもコーディネイターも違《ちが》いはなかった。

日常の一部となった戦いは、特定の職業に大きな変革をもたらした。

破壊されたメカを回収し再生するジャンク屋。戦いの時代、生産を上回る速度で破壊が行われる中で、リサイクルに従事する彼らの仕事は、その重要度を増した。

また、より直接的に「戦い」を職業とする者も現れた。

傭兵《ようへい》。報酬《ほうしゅう》を貰《もら》って戦う彼らは、主義主張に関係なく仕事をする。彼らにとって、ナチュラルもコーディネイターも関係なかった（実際、ナチュラルとコーディネイターの混在する傭兵部隊が多数存在する）。重要なのは報酬だけだ。したがって、確実な報酬さえ約束されれば、ザフト軍にでも地球連合軍にでも雇《やと》われた。ともに戦った仲間が、翌日には銃《じゅう》を向け合うようなことも珍《めずら》しくなかった。

これは、戦いの時代をたくましく、したたかに生き抜《ぬ》いた者たちの物語だ。

機動戦士ガンダムSEED ASTRAY
STAFF LIST

原作／矢立　肇・富野　由悠季
SEEDキャラクターデザイン／平井　久司
　　ASTRAYキャラクター原案／植田　洋一
SEEDメカニックデザイン／大河原　邦男・山根　公利
ASTRAYメカニック・デザイン／阿久津　潤一（ビークラフト）
設定・企画協力／森田　繁（スタジオぬえ）
マーク・デザイン／神宮司　訓之
制作／サンライズ

小説／千葉　智宏（スタジオオルフェ）
イラスト／緒方　剛志

［文庫スタッフ］
デザイン／タケウチ　ユタカ
編集／難波江　宏隆（ザ・スニーカー）

CONTENTS

MISSION 01

標的《ターゲット》はアストレイ

その男は、兵士であり、コーディネイターだった。

しかし、ザフト軍の人間ではない。かといって地球連合の人間でもなかった。

年齢《ねんれい》は二十代中盤《ちゅうばん》。東洋系の顔立ちだ。

茶色の髪《かみ》は軽くウェーブしており、長髪《ちょうはつ》ではないものの肩《かた》まで伸《の》びたその髪は、軍人には似つかわしくない長さだった。顔には、色の薄《うす》いサングラス。生まれつき遺伝子選択《せんたく》されているコーディネイターは、先天的な視力障害を持たない。彼のサングラスも視力補正のためではないのだろう。もちろん、コーディネイターといえども、後天的な障害ならありえるが……。

体格は標準より大きめ。全体的に引き締《し》まった印象を与《あた》える。

身につけた服は、地球連合の軍服を改造したもので、動きやすさを考えてか袖《そで》が半分の長さに加工されている。階級章などはない。

はじめて彼と会った者は、その外見から何かを探《さぐ》ろうとする。

だが、それは徒労に終わる。何も分からないのではない。情報が多すぎて人物像をまとめ上げることが出来ないのだ。

彼の名は、叢雲劾《ムラクモガイ》、傭兵だった。

「詳《くわ》しく、もう一度順を追って話してくれ」

劾の口調は、その職業から考えられる人物像より、物静かだ。

彼の目の前には、一人の痩《や》せた老人がいる。

二人は、小さな机を挟《はさ》んで、向かい合って座っていた。小さな応接室。古びていること以外にこれといった特徴《とくちょう》はない。部屋には、劾と老人だけがいる。

老人は、今、劾に対し依頼《いらい》の内容を語ったところだった。しかし、老人の話の内容は複雑な上、要領をえない。

「すみません、あまりに時間がないもので……」

老人は焦《あせ》っているようだ。表情に落ち着きがない。ただでさえ痩せた体が、より頼《たよ》りなく見える。

「もう一度詳しくご説明します」

一つ深呼吸してから、老人はゆっくりと話しはじめた。

――彼は、オーブ連合首長国《しゅちょうこく》の人間だった。本名こそ名乗らなかったが、国の中でも政治的にかなり高い地位にいるという。オーブは、南太平洋上の島国で、戦争に関しては中立の立場を取っていた。当然ながら地球連合にも所属していないし、プラント親国でもない。そのオーブが所有する宇宙コロニーにヘリオポリスがあった。本国同様、このコロニーも中立を宣言している。

だが、この中立であるヘリオポリスの中で、極秘《ごくひ》に連合のモビルスーツが開発されているのだという。これは驚《おどろ》くべき話だったが、ありえないことではなかった。

ヘリオポリスは、円筒形《えんとうけい》の居住区に資源採掘《さいくつ》用の小惑星《わくせい》を接合したコロニーで、小惑星の内部にかなりの規模の工業地域を有していた。また、オーブの技術力の高さは定評があった。

長引く戦いを打破するために地球連合は、自分たちにもモビルスーツが必要であることを痛感していた。そこで、持てる技術のすべてを集結し、モビルスーツの開発に着手したのだ。地球連合が、ザフト軍に知られないように、モビルスーツを開発しようと考えた時、中立であるヘリオポリスは理想的な場所となった訳だ。

「もともと私は反対だったのです！」

老人が吐《は》き捨てる。

彼の説明によると、そのモビルスーツの存在がザフト軍に知られてしまったらしい。それだけでも、大変なことだったが、事態の裏にはさらに最悪のシナリオが用意されていた。なんと、オーブでは、地球連合の技術を無断転用し、自国を防衛するためのモビルスーツを極秘裏《り》に開発していたのだ。

コードネーム・ASTRAY《アストレイ》――「道を外れた」という名前を付けられたこのモビル

スーツは、地球連合のモビルスーツと同時進行で開発が進められた。

このことが公《おおやけ》になれば、オーブは、ザフト軍だけでなく、地球連合をも敵に回すことになる。当然、中立という立場を貫《つらぬ》くことは不可能になるだろう。

すでに開発計画は、最終段階に入っていた。地球連合発注のモビルスーツも、オーブが極秘開発したモビルスーツも、完成し最終試験を残すのみだという。

事態の急変に対し、ただちに老人は、手を打った。

ザフト軍がヘリオポリスに接近した場合、すみやかにASTRAYを破壊《はかい》し、すべてのデータを消去する。

そのことをヘリオポリス内部の開発担当者に厳命したのだ。だが、それだけでは安心出来ない。

もともとASTRAYの開発を積極的に行ってきた人間たちが、その命令に従わない可能性は高い。ザフト軍が侵攻《しんこう》する中で、無理に機体を持ち出そうとして、敵（この場合、ザフトだけでなく連合も含《ふく》まれる）に発見されれば、最悪のシナリオが完成してしまう。

「それで、オレに、破壊消去命令が遂行《すいこう》されるかどうかを確認《かくにん》して欲しいのか？」

「はい。お恥《は》ずかしい話ですが、オーブの人間は信用できません。それに対し、あなたのような傭兵《ようへい》なら、報酬《ほうしゅう》さえお支払《しはら》いすれば、どんな仕事も確実に行っていただける」

「まあな」

「ASTRAYの本体もしくはデータが残っていた場合は、完全消去をお願いしたいのです」

「完全消去とは、現物やデータだけでなく、目撃者《もくげきしゃ》も消せ……ということか？」

「……そうなります」

少し間を置いてから、老人が静かに頷《うなず》く。

劾は、老人の顔をジッと見つめながら何やら考え込む。老人は、自分がこの傭兵に値踏《ねぶ》みされているのだと感じた。

やがて、劾がゆっくりと口を開く。

「一つ聞いていいか？」

「……どうぞ」

「なぜ、ザフト軍の情報を連合に知らせない。うまくいけば連合の戦力で敵を撃退《げきたい》出来るだろう。そうすればASTRAYとやらを破壊する必要もない」

「ザフト軍の動きは迅速《じんそく》です。こうしている間にも戦闘《せんとう》が開始されているかもしれません。どうせ避《さ》けられない戦いなら、すみやかにASTRAYを消去出来る方法を優先したいのです。それがオーブが生き残るために必要なのです」

「だが、危険も大きい。ヘリオポリスはザフト軍に蹂躙《じゅうりん》されることになりかねないぞ。いいのか？」

劾の言葉はよどみなく、老人を非難するような色はまったくない。逆に老人の方は、一瞬《いっしゅん》、劾を非難するような目で見つめた。だが、劾の真《ま》っ直《す》ぐな視線に気が付くと、すぐに目をそらし床《ゆか》に視線を落としてしまう。

「……そんなことにお答えする義務はないと思いますが……」

老人はやっとのことで、言葉を絞《しぼ》り出した。

「……そうだな」

劾の口調はあくまで静かだった。

老人は、その場の空気に耐《た》えられなくなったのか、話題を変える。

「他《ほか》にお聞きになりたいことはありますか？」

「ないわけではない……」

「どうぞ、遠慮《えんりょ》なく」

「ザフト軍にヘリオポリスの情報が流れたことを、どうして知った？」

「この件に関する情報の信頼度《しんらいど》を確認なさりたいのですね。傭兵として当然のことでしょう。この件に関しては、名前は明かせないのですが、以前からつき合いのあった情報屋が教えてくれたのです」

「なるほどな」

劾が、意味ありげに頷く。

「何か……？」

「おそらくその情報屋は、ザフト軍にヘリオポリスの情報を売った上で、さらに、あんたにザフト軍の情報を売ったのさ」

「なんですって……」

ヘリオポリスで地球連合がモビルスーツを開発している。

その一つの情報から、この情報屋は二つの収入を得ることが出来た訳だ。もしかしたら三人目や四人目の客もいたかもしれない。

老人は、だまされた訳ではないが、いいように利用されたことには違《ちが》いなかった。

彼は、これ以上、劾と話して不愉快《ふゆかい》な事実を見つけられてはたまらないと思ったのか、交渉《こうしょう》のまとめに入ってきた。

「それより、仕事は引き受けていただけるのでしょうか？　このことは我が国の人間すべての命がかかっていると言っても過言ではないのです」

我が国――その中にヘリオポリスの人間は含まれていない。

劾は、自分が少し皮肉屋になっていることに気づいた。どうも乗り気ではない仕事に出くわすと、そうなるようだ。

乗り気でないなら仕事を断ることも出来る。しかし、ここまで聞いて断るということは、自分もヘリオポリスの人間を見捨てるということだ。「オレには関係ない」と言ってしまえばそれまでだが……。

「いいだろう。引き受けさせてもらおう」

「ありがとうございます。あなたは、我が国にとって救世主です」

劾は、一瞬、皮肉を言われたのかと思った。しかし、老人の目は感謝に光輝《かがや》いていた。

× × ×

劾は、今回のミッションを遂行《すいこう》するにあたり、仲間数人に声をかけた。彼らは、それぞれが一人でも任務にあたることが出来るフリーの傭兵《ようへい》だった。

彼らは、フリーの集まりだったが、劾と仕事をするときは、必ずある部隊名を使用していた。

serpent tail（サーペントテール）。

蛇《へび》の尾《お》を意味するこの名称《めいしょう》は、軍が手も足も出せない任務を引き受けるが、用がなくなれば、真っ先に切り捨てられる存在という意味を持っていた。傭兵らしい皮肉な名前だ。その名のとおり、今までに何度か切り捨てられたこともあったが、彼らを切り捨てた本隊が全滅《ぜんめつ》してしまうような戦場でも、彼らはかならず生きて帰った。

今では、この部隊名は、裏側の世界では、かなり名の通ったものになっている。「サーペンテールに頼《たの》みたい」と指名してくる依頼《いらい》も少なくない。

今回、劾が選んだメンバーは、三人。

一人目は、コーディネイターのモビルスーツ・パイロット、イライジャ・キール。

美しい顔だちの男だ。顔を含め全身に多数の傷があったが、それは彼の美しさを損《そこ》なうどころか、逆に不思議な魅力《みりょく》を高める効果を持っていた。

二人目は、ナチュラルで、地球連合に対し太い情報網《じょうほうもう》を持つリード・ウェラー。太い体と体以上に太い神経を持っている。もともとは連合の士官だったのが、酒で問題を起こし、軍を去ることになった曰《いわ》く付きの男だ。

三人目は、ナチュラルであり、メンバーで唯一《ゆいいつ》の女性である。状況分析《じょうきょうぶんせき》と作戦立案に長《た》けたロレッタ・アジャー。

彼女は、小さい女の子を一人持つシングルマザーだったが、傭兵仲間（特に男性）には人気があった。優《やさ》しく、強く、そして有能となれば文句の付けようがない。

この三人は、劾がもっとも信頼を置いている傭兵だった。

劾から仕事の話を聞いた三人は、さっそく行動に移った。すぐに小型艦《かん》を用意すると、ヘリオポリスへ向かう。途中《とちゅう》、情報収集につとめていたリードが、地球連合の通信網から有力な情報をキャッチした。

ヘリオポリスに対するザフト軍の襲撃《しゅうげき》が開始され、そして終わったらしい。

ザフト軍の行動は、劾たちの予想を上回る速度だった。

ザフト軍の奇襲《きしゅう》は、ほとんど反撃を受けることなく進み、彼らは、開発を終えたばかりの連合の新型モビルスーツ四機を奪取《だっしゅ》することに成功したらしい。地球連合は完成したばかりの戦艦一隻《せき》とモビルスーツ一機のみを回収し脱出《だっしゅつ》。

ヘリオポリスは、両軍の戦闘《せんとう》によるダメージで、崩壊《ほうかい》してしまった。

「こりゃ、急がないと、仕事自体がなくなってるかもなぁ。まあ……逆に、仕事が増えてる可能性もあるけどな」

リードは、冗談《じょうだん》まじりの口調だったが、内容は笑えない。

地球連合もザフトもASTRAYに気づかずにヘリオポリスを離《はな》れたようだ。すくなくとも極秘《ごくひ》開発されたモビルスーツの情報は流れていない。

開発関係者が、指示に従いきっちりASTRAYを消去したと考えられる。

ただし、まだ安心することは出来ない。仮にASTRAYの消去が実行されていたとしても、それが完全なものだったかどうか分からない。不完全だった場合、時間が経過するほど、第三者に発見される可能性が高くなる。

劾は、考えられる状況を一つ一つ頭の中で整理していく。こうしておけば、不意の事態に慌《あわ》てることがない。

数時間後、劾たちは、ヘリオポリスの宙域に到着《とうちゃく》した。

劾は、母艦を残しイライジャとともに出撃することにした。常識的に考えれば、まだ出撃するには遠すぎる距離《きょり》が残されていた。

通常、モビルスーツやモビルアーマーなどの戦闘マシンは母艦との連携《れんけい》を前提にして使用される。

核分裂《かくぶんれつ》を封《ふう》じるニュートロンジャマーの発明以来、戦闘マシンに搭載《とうさい》出来るエネルギー量には自《おの》ずと限界が出来た。母艦からの補給は不可欠であり、母艦から離れて行動することは不可能なのだ。

母艦は戦闘マシンの生命線であり、それを破壊《はかい》することは、戦闘マシンの息の根をも止めることとなる。

劾が母艦を残した位置は、戦闘マシンの活動限界を考えれば、かなり遠い位置だと言えた。だが、劾は、戦闘力をほとんど持たない母艦を戦場から遠くに置くことにより、その安全を優先し、同時に自分たちの最大の弱点も克服《こくふく》したのだ。

自らの操縦テクニックに自信がなければ、出来ない行動だ。

今回のミッションで劾は、雇《やと》い主から借り受けたモビルアーマー〝メビウス〟を使用していた。

メビウスは、宇宙戦闘機に近い存在だが、その機動力は高い。

下部のウエポン・ラックにはミッションにあわせて各種装備を換装《かんそう》することが出来る。今回、劾はガトリング砲《ほう》を装備した。狭《せま》いコロニー内での作戦行動になるため、ミサイルなどのように広範囲《こうはんい》に破壊力が広がる武器は好ましくなかった。ビームが使用できれば一番有効だが、いつミッションが完了《かんりょう》するのかも分からない状況で、エネルギーの消耗《しょうもう》が激しいビームを装備するのは得策とは言えない。

劾が、作戦にあわせて毎回、搭乗機《とうじょうき》を変えているのに対し、イライジャは、ザフト軍の量産モビルスーツ〝ジン〟を愛用していた。

彼のジンには、標準機とは違《ちが》う、改造が加えられている。一番の違いは頭部だ。そこには巨大《きょだい》なトサカが付いていた。

これはただの飾《かざ》りではなく、非常時にはバスターソードとして使用することが出来た。ただし、あくまでも非常時にのみ使用する。そのまま使用すると、精密機器の集合体である頭部にどのようなダメージを与《あた》えるか分からない。

イライジャが、ジンを愛用するのには理由があった。彼はもともとはザフト軍に所属していたのだ。

だが、なぜか彼はコーディネイター特有の優秀《ゆうしゅう》な身体能力を有していなかった。ただ、その美しさは右に出る者がいなかったが……。遺伝子選択《せんたく》されているコーディネイターとしてはかなり特殊《とくしゅ》な存在だ。イライジャは、幼いころに両親を亡《な》くしており、両親がコーディネイターであったから自分もコーディネイターとなったのか、それとも直接遺伝子操作を受けてコーディネイターになったのか知らなかった。したがって、自分の持つ特異性も、偶発《ぐうはつ》的な事故なのか、そのように作られた物なのか分からないのだ。

ただ本人にとってその特異性は「自分は外見だけで中身がない」ということになり、苦《く》悩《のう》のタネだった。

劣等《れっとう》感を強く感じるようになった彼は、コーディネイターたちの中で生活出来なくなった。まわりは全員優秀なのだから無理もない。やがて軍を飛び出し、傭兵《ようへい》となった。劾とはじめて出会った時は、敵同士だったらしい。どういう経緯《けいい》があったのかは分からないが、劾はイライジャのことを気に入り、仲間にさそった。

劾のメビウスにもイライジャのジンにも、同一のマークが付けられている。稲妻《いなずま》のように走る蛇《へび》の図案。

劾たち傭兵部隊〝サーペントテール〟のマークだ。

マークの中央に劾は「1」、イライジャは「2」の番号を入れている。

彼ら傭兵は、自分たちを宣伝することが必要だった。そのため、どんなミッションでも機体にマークを入れた。「あの作戦を実行したのは我々です」と、証明できれば、次の仕事へとつなげやすくなるからだ。

×　　　×　　　×

母艦《ぼかん》を離《はな》れ、ヘリオポリスに接近すると、すぐに劾とイライジャは一隻《せき》の輸送船を発見した。

船体に多数のクレーンを装備している。船体の中央には、スパナを三つ、三角形に組み合わせたマークが付けられている。

「劾、あれは……」

「ジャンク屋か」

そのマークは、ジャンク屋の組合《ギルド》のものだった。

戦いの時代にあって、ジャンク屋たちも自分たちの立場を守るために組合《ギルド》を作り出していた。すべてのジャンクは、ジャンク屋に回収された時点で、その所有権がジャンク屋に移ることになっている。

この決まりを反古《ほご》にすることは簡単だ。しかし、世界自体の生産力が極端《きょくたん》に低下した現状では、リサイクルを推進しないかぎり、新たなものを生み出すことは不可能だ。そのため、ジャンク屋の立場は戦争前より強くなっていた。

「それにしても、速いな」

劾が、正直な感想を口にする。自分たちが依頼者《いらいしゃ》からの情報を受け、ザフト軍の襲撃《しゅうげき》前から行動を起こしていたことを考えると、それより前にジャンク屋がこの場に来ているとは、異常な速さだ。

「ハイエナの嗅覚《きゅうかく》は、鋭《するど》いのさ」

イライジャが、皮肉っぽく応じる。

「万が一、ターゲットを先に発見されると仕事がやりづらくなるな……イライジャ、お前はジャンク屋の船を押さえろ。もし、すでにコロニー内部に入った者がいるようなら、オレたちが来ていることをジャンク屋の船から、中の連中に伝えさせるんだ」

「了解《りょうかい》」

したたかなジャンク屋とはいえ、傭兵を相手に事を構えるようなことはしない。劾としては、自分たちの存在をわざと知らせることで、相手の抵抗《ていこう》しようという意志を奪《うば》おうと考えたのだ。

イライジャのジンが、ヘリオポリスへのコースをはずれ、ジャンク屋の船に向かう。劾は、そのままヘリオポリスへとメビウスを向かわせた。

劾たちは気づかなかったのだが、この時、一体のモビルスーツがヘリオポリスを脱出《だっしゅつ》していた。

片腕《かたうで》で、金色のボディーを持つモビルスーツだ。

もし、この時にその存在に劾が気づいていれば、彼と彼の仲間たちの運命は、また違《ちが》った方向へ流れていったことだろう。

× × ×

劾は、資源採掘《さいくつ》用の小惑星《わくせい》部からヘリオポリスの内部へと侵入《しんにゅう》した。

あらかじめ依頼主から、こちらの工業ブロックにターゲットであるモビルスーツが隠《かく》されていることを聞いていたのだ。

内部の通路には、無数の残骸《ざんがい》が浮《う》いていた。コロニーの回転軸《じく》に近い付近を進んでいるため重力（正確には遠心力だが）は弱い。空気は残っているようだが、それもいつまでもあるという保証はない。

劾は、自分の手足のようにメビウスを操《あやつ》ると、ただようゴミを避《さ》けながら奥へと進んでいく。

劾が侵入した小惑星部そのものは崩壊《ほうかい》を免《まぬか》れていたが、内部はひどいことになっている。すでに生き残った人間は、ほとんど脱出を終えたようだ。当然ながら、この破壊の当事者であるザフト軍と地球連合軍もすでにここを離れている。

「この様子では、ASTRAYも、すでに抹消《まっしょう》されているかもしれない」

うまくいけば、その確認《かくにん》だけですむ。

劾は、依頼主からえた情報にしたがい秘密工場へと進んでいく。

ただよう残骸に注意を払《はら》いながら通路を進んでいると、突然《とつぜん》、通信機が入電を告げた。

イライジャからだった。

「劾、こっちは掌握《しょうあく》した。やはりジャンク屋だった」

「コロニーの中に入ったヤツはいるのか？」

「三人入ってるらしい。ミストラルを改造した機体に乗ってる。これといった武装はないようだ」

ミストラルとは、地球連合で広く使用されているモビルアーマーで、兵器というより作業機械と呼ぶのに相応《ふさわ》しいマシンだった。大きな台座部分に分離《ぶんり》可能な球体の本体を載《の》せ、作業用のアームを四本持つ。

「中のヤツには、すでにオレたち〝傭兵《ようへい》〟が来ていることを伝えさせた」

「そうか。それじゃ、中の連中がそっちの船に戻《もど》ってきたら、お前が監視《かんし》してくれ」

「そっちに行かなくて大丈夫《だいじょうぶ》か？」

「内部はかなり破壊されている。おそらくターゲットも破壊されているだろう。こちらは確認作業だけになる可能性が高い」

そうか。とイライジャは頷《うなず》いて、通信を切った。

それは、通信を切るのとほぼ同時に起こった。

劾のメビウスが進む通路の前方から突然、一体のモビルスーツが現れると、手にしたライフルを発射したのだ。

ズギュューン！！！

凄《すさ》まじい光が通路にあふれ、内部にたまっていた空気を一瞬《いっしゅん》でイオン化させる。

モビルスーツのライフルから発射されたのは、ビームだった。

ビームは、粒子《りゅうし》にエネルギーを与《あた》え加速したモノで光に近い速度を持っている。したがって、発射された後に避《よ》けることは物理的に無理だ。

しかし、劾はメビウスを操作すると、なんなくそれをかわし、かわすと同時に反撃《はんげき》していた。

メビウスの下部に装着されたガドリング砲《ほう》が火を噴《ふ》く。

ビームに比べれば遅《おそ》いが、人間が反射神経で避けられるようなスピードではない加速を加えられた無数の弾《たま》が、モビルスーツに襲《おそ》いかかる。

何発かは命中したものの、ビームを発射したモビルスーツは、別の通路に姿を消してしまう。

ビームを避けられただけでなく、同時に反撃を受けるとは、相手のパイロットは驚《おどろ》いているに違いない。通路の中は、コロニーの残骸が大小様々な浮《ふ》遊物《ゆうぶつ》となりただよい、センサー類はほとんど使い物にならない状況《じょうきょう》だ。相手は絶対の自信をもってビームを撃《う》ってきたことだろう。だが、劾はそれを避けた。

劾がその攻撃《こうげき》を避けることが出来たのは、センサーによるものではなかった。もちろん勘《かん》や超能力《ちょうのうりょく》のたぐいでもない。それは、劾が戦場で長年にわたって鍛《きた》えてきた洞察力《どうさつりょく》のたまものだった。

通路の中は、無重力に近かったが、空気はまだ残されていた。物体が大気の中を通る時には、かならず空気を押しやりながら進む。その時、押しやられた空気の動きが他《ほか》の浮遊物に伝わるのだ。

それは普通《ふつう》の人間なら気づかないレベルの現象だろう。劾も意識して浮遊物を観察していた訳ではない。しかし、ちょっとした状況の変化に対応するように彼の感覚は訓練されている。

敵の存在に気づけば、その攻撃をかわすことは難しくない。

効は、ゆっくりとメビウスを前方に進めた。

通路は、上下に分岐路《ぶんきろ》があった。モビルスーツは、下の通路から現れ、上の通路へ逃《に》げていったようだ。

「あれは、ターゲットのモビルスーツだった……破壊されないで残っていたのか」

ビームの閃光《せんこう》の向こう側に見えた機影《きえい》。それは、依頼主《いらいぬし》から見せられたターゲットの写真と同一だった。基本フレームは、青く塗装《とそう》されており、フレーム自体を覆《おお》う装甲《そうこう》は白い。依頼主の写真では、フレームの色はゴールドだった。つまり、今出会った機体は、後から塗装しなおした物か、もしくは別カラーの複数体が存在することになる。依頼主も、開発計画の全貌《ぜんぼう》を摑《つか》んでいる訳ではなく、最終的にモビルスーツが何体完成しているのかは把《は》握《あく》していなかった。

ターゲットのモビルスーツの外見でもっとも印象的なのが、顔に人間と同じように二つの目を持っていることだ。単眼を基本としているザフト軍のモビルスーツとはあきらかに違《ちが》う設計思想のもとに作られている。また、ザフト軍のモビルスーツが大型のバックパックを装備しているのに対し、ターゲットのバックパックは小型であり、そのためほとんど人間と違わないシルエットを持っていた。おそらく作戦に応じて、バックパックは換装《かんそう》出来る仕様になっているのだろう。モビルスーツの利点の一つはその汎用《はんよう》性の高さにある。

その特性は装備を換装することで、より高めることが出来るのだ。

そして、ビームだ。

もっとも驚愕《きょうがく》すべき特徴《とくちょう》がそれだった。現在の技術レベルでは、ビーム兵器をモビルスーツに携帯《けいたい》させられるほど小型化することは出来ない。だが地球連合とオーブの技術力は、その常識を打ち破ったのだ。

エネルギーを大量に消費するという問題はあるだろうが、ビーム兵器は命中さえすれば圧倒的《あっとう》な破壊力《はかいりょく》を持っている。

モビルスーツの機動性に、戦艦並《せんかんなみ》の攻撃力が加わる。それは、まったく新しい兵器だと考えても良い。

写真と資料から、おおよその機体性能は把握していたものの、実際にそのモビルスーツと対峙《たいじ》してみると、複雑な感覚がわき上がってくる。

それと「戦わねばならない」という「戦慄《せんりつ》」に近い感覚と、それと「戦える」という「歓喜《かんき》」だ。普通の人間から見れば、理解不能な感覚かもしれないが、傭兵《ようへい》にとってはごく当たり前のことだった。「戦い」が嫌《きら》いな傭兵など、存在しないのだ。

「あのモビルスーツと戦って破壊しなくてはならないのか……」

戦うとなれば、それ相応の作戦が必要だ。相手は最新式のモビルスーツ。こちらはただのモビルアーマーだ。劾は依頼主から手に入れたターゲットに関するデータを頭の中で整理しながら、メビウスをモビルスーツが消えた上へ通じる通路へと走らせた。

通路を抜《ぬ》けると、そこはやや広いスペースになっていた。ここも空気が残っており、やはり残骸《ざんがい》が多数浮遊している。

ターゲットのモビルスーツは、そこの床《ゆか》に座らされていた。

よく見るとモビルスーツの手前では、一人の人間が、両手をたかだかと上げて降伏《こうふく》の合図を送っている。

どうやら、そいつがモビルスーツを操縦していたようだ。

そのパイロットらしい男は、ノーマルスーツを着ていなかった。頭の毛が逆立っている。若い、おそらく十代だろう。表情はニヤニヤとしており、怯《おび》えた様子はない。

「ジャンク屋か……」

劾は、さきほどイライジャから聞いたジャンク屋のことを思い出した。たしか内部に三人入ったと言っていたはずだ。目の前の人間がジャンク屋である可能性はかなり高い。もちろん、違う可能性もあったが、すくなくともモビルスーツの開発者には見えない。

「イライジャの警告を無視したか……それとも別のジャンク屋か……」

もし警告を無視したのだとしたら、それは、相手が普通の思考状態ではないことを示している。普通の人間なら傭兵相手に戦闘《せんとう》しようなどとは考えないものだ。

このままパイロットを殺し、モビルスーツを破壊することも出来た。

しかし、相手がジャンク屋となると、ターゲットを発見した時の様子を聞いておく必要があった。もしかしたら別の仲間が、他《ほか》のターゲットを運び出しているという可能性もある。

劾は、ターゲットから十分に距離《きょり》をとった所で、メビウスを止めた。

距離にして三十メートルほどだ。

これだけの距離があれば、相手のパイロットがコクピットに戻《もど》るより早く、攻撃《こうげき》することが出来る。

劾は、ベルトのピストルを確認《かくにん》してから、メビウスのハッチを開けた。

突然《とつぜん》、ジャンク屋が叫《さけ》ぶ。

「いまだ、8《ハチ》！」

と、同時に、目の前のモビルスーツの腕《うで》が動き、ビームライフルが発射される。

劾は、男が叫ぶと同時に行動を起こした。

メビウスの上部装甲《そうこう》を蹴《け》り上げる。

ビームが、劾のすぐ側《そば》を走り抜ける。

すべてを焼き尽《つ》くす絶対的な「破壊」が、自分の足下《あしもと》に存在しているのだ。理性が吹《ふ》き飛び、恐怖《きょうふ》に捕《つか》まりそうになる。しかし、長年戦場で培《つちか》った無意識の意識が恐怖の呪縛《じゅばく》を振《ふ》り切る。恐怖は心だけでなく、体の自由も奪《うば》う。ここで捕まったら、それは即《そく》、死を意味する。

粒子《りゅうし》の流れが風圧となって、劾の体を流す。次の瞬間《しゅんかん》にはビームの直撃を受けたメビウスが爆発《ばくはつ》し、激しい爆風に体が揉《も》まれる。

劾は、間一髪《かんいっぱつ》、無傷だった。

彼は、恐《おそ》ろしいまでの運動神経を発揮し、空中でバランスを取り戻していた。一瞬で周りを見回し状況《じょうきょう》を確認する。ジャンク屋は、自分がしかけたワナの作り出した気流に翻弄《ほんろう》されていた。ヤツは、何もない空間に浮《う》いていたために空気の流れに身を任せるしかないのだ。劾は、メビウスを蹴り上げた力と、爆風でえた力を完全にコントロールしていた。

さらにただよう残骸を蹴り上げると、ジャンク屋に向かって突進《とっしん》する。

「うそだろ！」

劾の接近に気づいたジャンク屋だったが、足場の無いヤツは、文字通りジタバタする以外になにも出来ない。

残骸を蹴り飛ばし、加速した劾が、そのままジャンク屋と組み合う。

「！」

一瞬で両手を摑《つか》み、自由を奪う。急接近した相手の顔から驚《おどろ》きが伝わってくる。

「なかなか良《い》い作戦だったな」

劾は、モビルスーツにしかけたワナの話をしていた。普通《ふつう》無人のモビルスーツが攻撃してくるとはだれも思わない。ジャンク屋の表情から、ワナの存在を感じ取っていなければ、劾でも危なかった所だ。

「何が目的だ！」

ジャンク屋が叫ぶ。

「このモビルスーツを破壊《はかい》する」

劾は、静かに答えると、そのままジャンク屋を後方へ投げ飛ばした。相手を投げた反作用で、劾は、前方へ進んでいく。劾の体が進む先にはモビルスーツのコクピットがある。

「あっ、てめぇ！」

劾がコクピットに入ると、投げ飛ばされたジャンク屋が叫ぶ。浮遊《ふゆう》する残骸《ざんがい》にぶつかったのか、頭を押さえながらだ。

「ちくしょう。……ソイツを取り戻しに来たのか？」

劾は、ベルトからピストルを抜《ぬ》くと、ジャンク屋の方に向けた。

「オレたちの任務はコイツの破壊。および、コイツを見てしまった者を消すことだ……」

「なんだって！　ソイツはオレんだ。破壊するなんてヤツにはジャンク屋の意地にかけても渡《わた》せねぇ！　もったいなくてな！」

最後の部分が、なんともジャンク屋らしい。

劾は、目の前で叫ぶ男を見て、自分がこの男に好感を持っていることに気づいた。手に入れたお宝のために命をはる。なんと真《ま》っ直《す》ぐに生きていることか。

劾は、ノーマルスーツのヘルメットをぬぐと素顔《すがお》を男に晒《さら》した。

「……なるほど面白《おもしろ》い考え方だ。しかし、この状況ではどうすることも出来まい？」

この時、劾は相手が次にどんな行動に出るのか、かすかに期待していたのかもしれない。

しかし、どんなに期待しても、この状況を打破出来る方法など、ありはしない。

「まだ分からないぜ。オレは宇宙一悪運が強いんだ。今日だって、こんなお宝を見つけたんだからな」

「運だけでは、戦場では生き残れない……」

劾は、多少の失望を感じていた。

傭兵《ようへい》でも、運を信じる者はいる。しかし、運に頼《たよ》って長生き出来た者はいない。

オレは、この男に何を期待したのか？

自分自身に疑問を感じながら、手にしたピストルの引き金に力を込《こ》めた。

その時だった。

二人の間の緊張感《きんちょうかん》を引き裂《さ》くような警告音が鳴り響《ひび》く。

音はモビルスーツのコクピットに置かれた、パソコンのようなものが発していた。良く見るとそれは、コクピット内の計器類とつながれている。どうやら、先ほどの無人射撃《しゃげき》もこれを使用したものらしい。

パソコンのモニターに光が灯《とも》り、そこにイライジャの顔が映し出された。

「大変だ劾。依頼主《いらいぬし》が、いきなり攻撃《こうげき》してきやがった。こっちは長く持ちそうにない。戻《もど》ってきてくれ！」

イライジャの表情はかなり追いつめられていることを示していた。

目が涙《なみだ》で潤《うる》んでいる。イライジャは精神的に弱い部分があり、ハプニングに対してパニックになってしまうことがあった。

依頼主が、敵に回ること。

それ自体は、劾のような商売をしていればけっして珍《めずら》しいことではなかった。

ここで肝心《かんじん》なのは、裏切った依頼主を絶対に許してはならないということだ。

傭兵という仕事は、信用と腕《うで》に対する評価で成り立っている。もし依頼主の裏切りに対応出来ないようなら、今後、どんな依頼主からも報酬《ほうしゅう》を得られないだろう。

「どうやらアンタも、雇《やと》い主にとっては、こいつを見ちまった人間の一人らしいな」

目の前の男が勝ち誇《ほこ》ったような顔をしている。

一瞬《いっしゅん》、こいつの悪運によって依頼主が裏切ったのか……と思ったが、そのバカな考えをうち消す。

そんなことはありえない。

劾は、すぐにイライジャのもとに行かねばならなくなった。

もちろん、ピストルの引き金にかけた指にほんの少し力を込めて、目の前のジャンク屋を撃《う》ち殺して行っても、たいした時間のロスにはならない。

だが……依頼主が裏切ったということは、「モビルスーツの秘密を知ってしまった者を消す」という任務を遂行《すいこう》する義務も消えたことを示している。

（本当に悪運の強いヤツだ）

そう呟《つぶや》いて、劾は、心の中で不意に苦笑《くしょう》した。完全にヤツのペースだ。しかし、不思議と悔《くや》しさはない。

「コイツを借りるぞ！」

劾は、ピストルをしまうと、パソコンのような物をコクピットからはずし、ジャンク屋に投げてやった。

そのままコクピットを閉めてしまう。

ここに来るのに使用したメビウスはすでに破壊《はかい》されている。イライジャの所に戻るには、コイツを使うしか方法はない。

コクピットの外では、ジャンク屋がなにか叫《さけ》んでいる。

どうせ文句を言っているのだろう。

劾は、ジャンク屋を無視して、すばやくシステムをチェックした。

エネルギーはほぼ満タン状態だ。

システムにも問題はない。

ただ、OSに幾《いく》つかの不備が見られた。まだ機体とOS間の調整がうまく行っていないようだ。

OSは見たことのないタイプだった。連合の機体用のOSをそのまま使っているのか？

そうだとすればこのOSは、ナチュラルが動かすことを前提にしており、オーブとしては、簡単に調整することが出来なかったのだろう。劾は、ピアノでも弾《ひ》くような華麗《かれい》な手さばきで、OSをコーディネイターの反射速度に合わせて書き換《か》えて行く。

コーディネイターは、ナチュラルには不可能な反射神経速度でモビルスーツを動かすことが出来る。モビルスーツの強さとは、単純なハード面の性能差だけではない。このパイロットの違《ちが》いが、そのままモビルスーツの優位性の一部なのだ。仮に地球連合で強力なモビルスーツの開発に成功したとしても、パイロットの質の問題を解決しないかぎり、ザフト軍のモビルスーツの優位性が失われることはない。

数秒でOSの書き換えを完了《かんりょう》した劾は、イライジャの待つ外へモビルスーツを飛ばす。

劾は、青いASTRAYのコクピットの中で驚愕《きょうがく》していた。

ASTRAYが、自分の思ったままに動く。まるで本当の自分の体とおなじような錯覚《さっかく》さえ覚える。

傭兵である彼は、今までにもモビルスーツを操縦した経験がある。だが、この機体ほど「自分の体」のように操《あやつ》れたことはない。

当たり前のことだが、人型のマシンは、人をモデルとして作られている。しかし、その操縦には人が手足を動かすのとはまったく違う動作が要求される。レバーを引くことで手を動かし、ペダルを踏《ふ》むことで前進する。

このASTRAYも、同じように「操縦」という行動が必要だ。なのに違和《いわ》感は一切《いっさい》ない。

(地球連合とオーブの技術力なのか……それとも単なる相性《あいしょう》か……)

劾は、すぐに考えるのをやめてしまった。

理由など重要ではない。今は、この機体を楽しみたいだけだ。

それは、今まで任務に合わせて機体を乗り換えてきた劾が、はじめて「愛機」を持った瞬間だった。

×　　×　　×

「なぜ、今ごろになって依頼主《いらいぬし》は裏切ったのか?」

ジャンク屋が言ったとおり、「見た者」として処分するつもりなのかもしれない。しかし、それなら、任務の完全終了《しゅうりょう》を確認《かくにん》してからでいいはずだ。この段階で襲《おそ》ってくるのはあまりにも不自然だ。

考えられる可能性は、依頼主の考えが大きく変わったということ。つまりターゲットであるASTRAYの破壊と消去を望まなくなったという訳だ。

もしかしたら、直接、劾に仕事を依頼した老人は、すでに殺されているのかもしれない。そして、ASTRAYを守りたいと考える一派《いっぱ》が余計な行動を取っている傭兵《ようへい》に襲いかかってきた。

これは十分にありえることだ。

もしそうだとすれば、襲ってきているのは、同じオーブでも依頼主ではない。どんな理由があるにしろ、攻撃《こうげき》してきた敵に、尻尾《しっぽ》を巻いて逃《に》げることは傭兵には許されない。

劾は、すぐに母《ぼ》艦《かん》のリードたちに通信を送る。

外の状況《じょうきょう》について、確認をとるためだ。イライジャに通信すれば、より「生」の情報が聞けるだろうが、戦闘《せんとう》中のイライジャの負担を増やすことは避《さ》けなくてはならない。

通信がつながると、すぐにリードが状況を教えてくれる。

依頼主の戦力は、すべてモビルアーマーのメビウス。全部で二十機以上いるらしい。それを一機のモビルスーツで相手をしているのだとすれば、イライジャの危機感がよく分かる。通常モビルスーツとモビルアーマーの戦力差は一対三〜五と言われている。イライジャは六倍近い戦力を相手にしている計算になる。

「リード、友達は側《そば》にいないのか？」

劾の言う、「友達」とは、リードが以前所属していた地球連合のことだ。彼は、軍の士官だった時に、かなり厚い人望を持っていた。それは軍をやめた今でも続いている。

「たぶんいるだろう。連絡《れんらく》してみようか？　でも、援軍《えんぐん》は送ってくれないと思うぜ」

「連絡を取るだけでいい。なるべく秘密めいた話をしてくれればなおさらいい」

依頼主としては、増援を呼ばれるのが一番いやなはずだ。戦力的なこともそうだが、第三者に自分たちが戦闘をしている所を見られれば、「なぜ戦っていたのか？」と疑問をもたれる。この疑問の糸をたどってＡＳＴＲＡＹにたどり着くのはそう難しいことではないはずだ。

「なるほどな、了解だ。しかし、いいのか？　せっかくの敵を追い払《はら》ってしまうと、活躍《かつやく》の場が減るぞ」

あいかわらずリードの冗談《じょうだん》は笑えない。

「英雄《えいゆう》を気取って負けるより、勝てる戦いだけを戦う方がいい」

「そりゃ、そうだ」

通信機の向こうで、まるで他人事《ひとごと》のようにリードが頷《うなず》いている。

×　　×　　×

一機のモビルスーツ・ジンに迫《せま》る多数のモビルアーマー・メビウス。

本来、モビルスーツとモビルアーマーでは、その戦闘力には開きがある。機動性に富むモビルスーツの方が圧倒《あっとう》的に優位だが、今回の戦いでは、あまりにも数が違《ちが》いすぎた。

多数のモビルアーマーが、ほぼ全方位から攻撃してくる。

致命傷《ちめいしょう》になるような攻撃はかわしても、だんだんと機体へのダメージが蓄積《ちくせき》されていく。

「くっ、くそ!」

イライジャとて、プロの傭兵だ。

コーディネイターとしての運動能力を持たない彼だったが、それなりの自信と腕《うで》はある。ただ、さすがにこの時ばかりは「もうダメだ」という考えが頭をよぎる。

敵の攻撃が肩《かた》をかすめ、アーマーを吹《ふ》き飛ばす。ダメージ自体は、深刻なものではない。しかし、攻撃の反動で一瞬《いっしゅん》、姿勢制御《せいぎょ》がきかなくなる。

ジンに搭載《とうさい》されたOSが、悲鳴を上げながら高速で状況分析《じょうきょうぶんせき》し、オートで姿勢の回復を試みる。だが、アーマーを吹き飛ばされ、機体の重量バランスが崩《くず》れたため、姿勢制御に時間がかかる。

敵の真《ま》っ直中《ただなか》で、この状態は即《そく》、死を意味する。

「もうダメだ！」

今度こそ、本当に諦《あきら》めかけた時、敵の動きが一瞬とまる。

「なぜだ？」

そう思うと同時に、そのチャンスを逃《のが》さずにイライジャは機体の制御を取り戻《もど》す。

敵が再び動き出した。しかし、その動きはイライジャの予想もしなかったものだった。

敵は、十機を残し、すべて撤退《てったい》してしまったのだ。

「何があったんだ……」

それは、劾がリードに取らせた作戦の成果だった。敵は、援軍がくるのを恐《おそ》れ、もしもの場合にそなえ撤退をはじめたのだ。十機が残ったのは、これぐらいの数でイライジャを仕留められると考えたからかもしれない。

だが、その目論見《もくろみ》は、一瞬で費《つい》えた。

ヘリオポリスの方向から、発射された一条のビームが、十機のうちの一機を瞬時に破壊《はかい》したのだ。

「!?」

イライジャがビームの走ってきた方を見ると、そこには見慣れないモビルスーツがいた。

「間に合ったか！」

すぐに通信が入る。待ちに待った声だ。

「劾……そのモビルスーツは？　それはターゲットの……？」

「話は後だ！　やるぞ！」

すぐに劾とイライジャは、敵のモビルアーマーに対し、反撃《はんげき》を開始する。

それは、まさに恐ろしいほどの性能を秘《ひ》めた機体だった。

あれほどイライジャが苦戦した敵をつぎつぎと撃破していく。

ＡＳＴＲＡＹに乗った劾は、敵の動きをすべて読み切ることが出来た。

そして、劾が敵を察知すると同時に、青いＡＳＴＲＡＹは反応している。

「そこだ！」

と、思った瞬間には、ＡＳＴＲＡＹのライフルが光り、ビームが敵を破壊する。一緒《いっしょ》に戦っていたイライジャさえもが、その強さには戦慄《せんりつ》を覚えるほどだ。

「劾……おまえ……」

もともと高かった劾の戦闘《せんとう》能力が、ＡＳＴＲＡＹを手にしたことにより、完全に開放されている。ＡＳＴＲＡＹもまた、最高のパイロットをえて、能力以上の力を発揮しているようだ。

敵のモビルアーマーは、新たに現れた強敵に対し、攻撃《こうげき》を集中する。

劾のASTRAYを取り囲むように移動すると、四方から同時に攻撃を加えてくる。数で勝《まさ》ることを最大限に利用した攻撃だ。おそらくこの状況《じょうきょう》で、これ以上の攻撃はありえないだろう。だが、最良の攻撃をもってしても、劾を仕留めることは出来なかった。四方から放たれる砲撃《ほうげき》を、劾はつぎつぎと避《よ》け、避けると同時に敵を撃破する。敵の攻撃によって姿勢を崩しながら、異常なまでに正確な射撃を返す。

ASTRAYのライフルが光を放つたびに敵が減っていく。ものの一分もしないウチに敵はただの一機になってしまう。

「あと一機！」

しかし、この一機は、予想もしない行動に出た。

なんと、ジャンク屋の船に向かって移動を開始したのだ。おそらくジャンク屋の船を劾たちの母艦《ぼかん》と勘違《かんちが》いしての行動だったのだろう。

劾は、敵のメビウスを狙撃《そげき》しようとライフルを構える。

気が付くとビームライフルに回せるエネルギーは、あと一発分しかない。

トリガーにかかる指がかすかに緊張《きんちょう》する。

「…………！」

次の瞬間、劾の目は驚《おどろ》きに見開かれた。

ビームはまだ発射されていない。いや、発射しなかったのだ。

ジャンク屋の船に向かったメビウスは、高速で飛んで来た物体にあたり、バランスを大きく崩していた。

飛んできたのは、モビルスーツのシールドだ。そのシールドが通った道筋を後を追うように高速で飛来するものがある。

ASTRAYだ。

ただし、劾が乗っている青いフレームの機体と違《ちが》い、そいつは真っ赤なフレームをしている。

「もう一機、見つけていたのか！」

劾が、心の中で叫《さけ》ぶ。飛来するモビルスーツに重なるようにあのジャンク屋の顔を思い浮《う》かべていた。

高速で飛んできた赤いモビルスーツは、そのまま背中に装着された二本のビームサーベルを抜《ぬ》くと、走り抜けざまにメビウスを切り裂《さ》いた。

それはあまりスマートな戦い方ではない。しかし、ジャンク屋のアイツには、似合っているように思えた。

「どうだい最強だろ？　オレの悪運は」

赤いモビルスーツから通信が入る。聞き覚えのある声だ。

やはりパイロットは、あのジャンク屋だった。

青いASTRAYのコクピットで、劾は困惑《こんわく》していた。

「仕掛《しか》けてくるのか……」

コロニーの中の戦いでは、劾がジャンク屋に圧勝することが出来た。戦力的にはASTRAYに乗っていたジャンク屋の方が有利だったが、戦闘に関する経験の差が、劾を勝利に導いたのだ。

今回は、二人とも同じ性能のモビルスーツに乗っている。ただし、劾の青いASTRAYには、ほとんどエネルギーが残っていない。頼《たよ》りのビームライフルも残りはあと一発。赤いASTRAYは、見たところライフルを装備していない。もちろん、どこかに隠《かく》している可能性もある……。

戦いになったとして、勝てない相手ではない。しかし、戦いたい相手でもなかった。劾は、敵を目の前にして、迷いを感じていた。

「その悪運……オレに通用するか試《ため》してみるつもりか？」

劾は、自分の迷いを振《ふ》り払《はら》うために相手に通信を送った。

「いいね～」

相手の返事を聞いた瞬間《しゅんかん》に、劾の体が戦闘態勢に入る。

すぐに攻撃しなかったのは、ただ単に残り少ないエネルギーを有効に使うため、ベストなタイミングを計っていたからに過ぎない。もしエネルギーが満タンなら、すぐに引き金を引いていたことだろう。

「でも……」赤いASTRAYからの通信には続きがあった。

「そんなことしなくてもオレの悪運は最強さ。それに、ここで戦ったら、お宝二機に傷をつけることになっちまう。ここはやめとくさ」

やはり、この男は憎《にく》めない。

劾は、ASTRAYのライフルを降ろした。

×　×　×

劾たちは、ジャンク屋の船に来ていた。

あの後、お互《たが》いに武器をおさめたのだ。

ジャンク屋の船に着艦《ちゃくかん》するように通信を受けた時、劾はためらわずに申し出を受けた。どちらにしろ、今使用している機体は借り物だ。返さなければならない。破壊《はかい》任務はなくなったのだ。最初に発見したジャンク屋にこれを持つ権利がある。もちろん、こんな物《ぶっ》騒《そう》なモノを持っていたら、あとあとどんな組織に狙《ねら》われるかわからない。しかし、それは劾の心配すべきことではない。

船の艦橋で、劾はジャンク屋のメンバーに会った。

彼らは、四人。一人は、不敵な表情をしたリーダーらしい女性。彼女は、事件の間、ずっと船に残っていたようだ。残りの三人は、コロニーの中に入っていた連中だ。まずはASTRAYで襲《おそ》いかかってきた少年。つぎに、真面目《まじめ》を絵にかいたような長身の男、最後は、少し怯《おび》えたような表情の少女。どんな経緯《けいい》でこの四人が一緒《いっしょ》に行動しているのか、一見して分からない。

(まあ、オレたちのメンバーも他人から見れば、不可解な集団だろうな)

劾は、ジャンク屋たちに視線を向けながら、自分の考えに苦笑《くしよう》した。

最初にモビルスーツで攻撃《こうげき》してきたジャンク屋の少年が口を開く。

「オレの名はロウ。ロウ・ギュールだ。あんたは?」

「オレは、叢雲劾」

「アンタもオレたちと同じ、追われる立場になったたな」

うれしそうな口調で話す。

「そのようだ」

劾はあえて表情を出さずに答える。

ジャンク屋が考えているような「見た者だから」という理由で追われる訳ではないが、このままオーブが劾たちを放《ほう》っておくことも考えにくい。そういう意味では、「追われる立場」に違いはない。

「アンタに貸した青いモビルスーツだけどな……くれてやるよ」

劾は、ちょっと驚《おどろ》いた。

「いいのか？」

「結果的に助けて貰《もら》ったんだ。借りはかならず返さなきゃならない。死んだ爺《じい》ちゃんがよく言ってたぜ」

「……では、遠慮《えんりょ》なく貰っておこう」

「またどこかで会いそうな気がするな」

「ああ。その時にはまた敵同士かもしれんがな」

「その時はその時さ」

ジャンク屋が笑って答える。気持ちの良い笑顔《えがお》だ。

「……フッ」

劾は、自然と自分も笑っていることに気づいた。本当に面白《おもしろ》い男だ。

こうして、ASTRAYが世に放たれた。

ブルーフレームは傭兵《ようへい》部隊の劾の手に。

レッドフレームは、ジャンク屋のロウの手に。

二体は戦いの渦巻《うずま》く世界で数奇《すうき》な運命をたどっていくことになる。

MISSION 02

血ぬられし英雄ヴェイア

地球と月の重力バランスが安定しているポイントの一つ、ラグランジュ5《ファイブ》に多数の天秤《てんびん》型コロニーが存在する。〝プラント〟だ。

それは、遺伝子調整されたコーディネイターたちの世界であり、そのまま彼らの国の名前でもあった。

国家としてのプラントの政治的中心地である、アプリリウス市・一区に、一人の男がいた。

男の顔つきは精悍《せいかん》であり、体格も良い。身なりも整っている。年齢《ねんれい》は四十代後半に手が届いていたが、衰《おとろ》えを感じさせる部分は外見上どこにもない。それどころか、男の外見からは、他者を圧倒《あっとう》する強い何かが感じ取れる。それは、肉体的な強さというより、その男の精神力の強さが、空間ににじみ出ているかのようだ。

しっかりと掃除《そうじ》の行き届いた部屋で、男は、椅子《いす》にゆったりと腰掛《こしか》けている。目の前には机があり、その上には一台のパソコンが置かれている。パソコン画面は、さきほどから膨大《ぼうだい》な量の情報を表示している。男の視線は画面に向けられている。眼球が画面に映し出される情報にあわせ、せわしなく動く。すごい速さで、凄《すさ》まじい量の情報を追っている。

部屋には、男の他《ほか》にもう一人の人間がいた。ザフトの軍服を着た兵士だ。

「と、いうわけでありますから――」

兵士が、男に対して何かを報告している。男は、目はパソコンの画面に向けながら、よけいな口をさしはさまず、ただ耳だけを兵士の言葉に傾《かたむ》けている。

報告を行う兵士の言葉が、必要以上に丁寧《ていねい》だ。その口調から、この兵士より、報告を聞いている男の方が立場が上なのが分かる。

「――以上の状況《じょうきょう》より、残念ながらグゥド・ヴェイアは脱走《だっそう》したと結論づけざるをえません」

パソコン画面の情報を追っていた男の目の動きが止まる。そして、ゆっくりと視線を兵士の方へ向けた。その顔が不快感をあらわにしている。兵士は、男の視線を真《ま》っ直《す》ぐに受け止めることが出来なかった。

「脱走だと……」

にわかには信じられないことだ。ザフト軍から脱走兵が出るとは……。

ザフトは、コーディネイターたちが自国であるプラントを防衛するために組織した軍隊であり、その性格上、所属する兵士のほとんどが志願兵だ。つまり自分の自由意思で軍に所属している者たちなのだ。このため徴兵制《ちょうへいせい》を持つ軍に比べ、ザフトでは脱走兵は皆無《かいむ》に近い。もちろん、志願しておきながら、実際の軍務に耐《た》えられず、やめたいと思う者がまったく居ない訳ではない。だが、軍としては、作戦行動中や、機密に関する職務についている者以外、無理矢理引き留めるようなことはしていない。軍隊につきものの「強制」という言葉は、ザフトとは無縁《むえん》の存在なのだ。

「……あのグゥド・ヴェイアが、か？」

脱走という事実のみならず、男を不快にさせたのは、その脱走兵の名前だった。

〝英雄《えいゆう》ヴェイア〟。

それがその兵士のニックネームだった。ザフト軍に所属する者なら、その名を知らない者はいない。〝英雄〟という称号《しょうごう》は、物語の中の人物には相応《ふさわ》しくても、現実の人間にはなかなか与《あた》えられないものだ。それでもなお、グゥド・ヴェイアは、〝英雄〟と呼ばれるのに相応しい男だった。

彼の出生については、謎《なぞ》につつまれている。

だが、過去を理由に現在を否定することは出来ない。その人物が今必要とされている能力を十分に有しているなら、なおさらだ。

一年前。『血のバレンタイン』の悲劇により、プラントの一つユニウスセブンが、ナチュラルたち地球軍の核攻撃《かくこうげき》によって破壊《はかい》され、多くのコーディネイターの命が無惨《むざん》にも奪《うば》われた。

この事件は、それまで虐《しいた》げられていたコーディネイターたちを一気《いっき》に爆発《ばくはつ》させることになった。事件後、ザフト軍は志願兵により、大きく膨《ふく》れあがる。

しかし、皮肉なことに、膨れあがったザフト軍は一時的に弱体化してしまう。遺伝子選択《せんたく》により身体能力の優《すぐ》れているコーディネイターといえども、訓練を受けなければ、能力を十分に発揮することは出来ない。結果、戦いのたびに多くの新兵たちが傷つき、除隊することとなった。

グゥド・ヴェイアも、最初は、悲劇をキッカケとしてザフト軍へと入隊した大勢の志願兵の一人でしかなかった。

だが、彼は、他の新兵たちとはまったく違《ちが》っていた。初陣《ういじん》で、彼は味方が全滅《ぜんめつ》したのにもかかわらずただ一人生きて戻《もど》ってきたのだ。しかも、彼は、味方が全滅した後も戦い続け、敵部隊を全滅させてから帰投したのだ。まさに〝英雄〟に相応しい初陣だった。

それから、一年近くたつが、ヴェイアは、ただの一度も負けることがなかった。そして、彼と敵対する者は、かならず全滅の憂《う》き目にあった。

彼は、常に勝利の女神《めがみ》の微笑《ほほえ》みを受ける存在だった。勝利の女神の愛を一身に受けし者。民衆は彼の活躍《かつやく》に酔《よ》った。

そして、彼は、祖国の英雄となった。

「いったい何があったというのだ」

男の疑問に対し、兵士が思い出したように付け加える。

「実は、ヴェイアは、最近、記憶《きおく》障害をもっていたようです。特に戦闘《せんとう》中の記憶の欠落が多く、軍医の治療《ちりょう》を受けておりました」

「記憶障害だと？」

軍人というものは、ストレスのたまる仕事だ。常に死と隣《とな》り合わせで生きなければならないのだから無理もない。コーディネイターは遺伝子調整されているため、先天的な疾患《しっかん》とは無縁だったが、さすがに心まで強くすることは出来ない。

「英雄も、心はただの人間だったということか」

「残念ながらそのようです」

いやいやながら事実を認めるという態《てい》で兵士は答え、さらに話を続けた。

「ヴェイアは脱走の際、ジン一機を強奪《ごうだつ》し、追跡《ついせき》した友軍に向かって発砲《はっぽう》までしております。最終的に、彼を追った友軍はすべて撃墜《げきつい》されております。それで、今後の処置についてて、お聞きしたく参上したしだいです」

「相手が英雄だとしても、脱走を許すことなど出来ん」

組織は、規律によって形をなしている。どんな理由があっても規律を破った者を放置しては、組織自体の崩壊《ほうかい》につながりかねない。

「しかし、だれをその任にあたらせたら良《い》いのでしょうか……」

兵士の言いたいことは理解出来る。

相手は、ザフト軍の中でも〝英雄〟と呼ばれるような歴戦の勇士だ。生半可な追っ手を送っても、返り討《う》ちに遭《あ》うのが、関の山だろう。

「一番の適任はクルーゼ隊だが……」

仮面の男ラウ・クルーゼを指揮官とするこの隊は、ザフト軍の中でも抽《ぬき》んでた存在だった。最近では、ヘリオポリスで極秘《ごくひ》に開発されていた地球連合のモビルスーツを奪取《だっしゅ》するという功績を上げている。

だが、彼らを送ることは出来ない。クルーゼ隊は、現在、別の重要な任務についている。

「問題が山積みのこの状況《じょうきょう》で、よくも脱走《だっそう》などしてくれたものだ。まったく英雄が聞いて呆《あき》れる」

男は、さらに非難の言葉を並べ立てようとして、言いかけた言葉を飲み込む。この場にいない人間をいくら非難しても無益だ。今は、現実を直視する方が優先される。

クルーゼ隊にかわり、他《ほか》の部隊を送ることは可能だが、英雄を相手に勝てるとは思えない。そうなると残された手段は一つしかなかった。

「傭兵《ようへい》を送れ」

「傭兵……ですか？」

目の前の兵士が聞き返してくる。口調に否定の意味を含《ふく》んでいるようだ。

しかし、決断は下された。男は、同じことを二度言うような無駄《むだ》は嫌《きら》いだった。

厳しい表情と視線を兵士に向けることで答える。それだけで、兵士には通じる。

「りょ、了解《りょうかい》しました。すぐに手配いたします。たしかに傭兵なら、失敗しても貴重な兵力を失わずにすみます」

「傭兵は、コーディネイターの者を雇《やと》え。裏切り者とはいえ、祖国の英雄《えいゆう》だった者が、ナチュラルに殺されるのは我慢《がまん》ならん。……いや、そもそもナチュラル如《ごと》きにコーディネイターの英雄が倒《たお》されるわけがないか」

言い終わると、男の視線が再びパソコンの画面へと戻される。それは「話は終わった」という意思表示だった。兵士は無言で敬礼すると、男の部屋を後にする。

一人部屋に残された男は、一つ深いため息をつく。

「まったく、すべての原因は戦いが長引いていることにある。シーゲルめ、おまえのやり方はぬるすぎる。わたしは、わたしのやり方で、進めさせて貰《もら》うぞ」

男が口にした「シーゲル」という名前は、コーディネイターのトップである、プラント最高評議会議長の名であった。彼のことをファミリーネームの「クライン」ではなく、ファーストネームの「シーゲル」で呼ぶ者は限られている。この男は、その限られた人間の一人だ。

彼こそ、ザフト軍の最高責任者、パトリック・ザラ国防委員長であった。

×　×　×

宇宙空間にポツンと一つの小惑星《わくせい》が浮《う》かんでいた。

もともとは資源採掘《さいくつ》のため使われていたものだが、現在は、採掘によって生まれた内部の空洞《くうどう》を活用し、居住施《し》設《せつ》や工場施設が造られていた。持ち主は、宇宙艦船《かんせん》関係の企業《きぎょう》であり、特に艦船用の格納庫は、大きく充実《じゅうじつ》した設備をもっている。

その格納庫に、多くの宇宙船にまじって特異なフォルムのマシンが置かれている。

巨大《きょだい》な人型の青いマシン。

モビルスーツ、ASTRAY《アストレイ》・ブルーフレームだ。

ブルーの胸が静かに開き、中から一人の男が出てくる。小惑星内には重力がないため、コクピットから男は泳ぎ出すように飛び出す。

男は、パイロットスーツを着ていたが、ヘルメットはしていない。体格は標準より大きめだが、引き締《し》まっており大男という印象はない。茶色の髪《かみ》はかるくウェーブしており、肩《かた》までの長さを持つ。顔には特徴《とくちょう》的な薄《うす》いオレンジ色のサングラスをかけており、サングラスからのぞく顔だちは、どうやら東洋人らしい。

格納庫内で、男に気づいた者たちは、一様に複雑な表情を浮かべる。

恐《おそ》れ、希望、蔑《さげす》み、畏敬《いけい》。

そのすべてが、この男に相応《ふさわ》しく、同時に似つかわしくない。結局、周りにいる者たちは、視線をそらすことで、自分の心の安定を保とうとする。

男の名は、叢雲劾《ムラクモガイ》。傭兵部隊、サーペントテールのリーダーだ。


劾の前に突然《とつぜん》、太った男が現れる。

「へっへっへ」

劾に向けられた表情が、微笑《ほほえ》みで満たされている。

それだけ見れば最高にフレンドリーな態度と取れるが、その裏に何かが隠《かく》されているのを感じさせる安っぽい詐欺師《さぎし》の笑《え》みだった。

「よう、劾！　どうやら無事に戻《もど》って来られたようだな。よかった、よかった」

彼の名は、リード・ウェラー。劾と同じサーペントテールのメンバーだ。もとは地球連合の士官だったのが、酒がもとで軍をやめることになった曰《いわ》く付きの男だ。だが彼は、今でも連合内部に太いパイプを持っており、情報収集能力にかけては、右に出るものがいない。

「ご覧の通りさ」

「オレは、無事に戻って来るって、信じてたぜ。最初からな」

リードの口調は誠意に欠け、揶揄《やゆ》と皮肉がこもっている。それを見抜《みぬ》けない劾ではなかった。

「どうだかな。オレがロケット花火のように爆発《ばくはつ》するのを期待してたんじゃないのか？」

そう答えながら、劾は任務に出かける前のリードとのやりとりを思い返していた。

今回の任務は、ある企業が開発した高速航行の実験艦からのデータ回収だった。高速移動状態のまま暴走してしまった無人実験艦と接触《せっしょく》し、内部のコンピュータから実験データを回収するというのだ。

この任務を達成するため劾は、ブルーフレームの背中に巨大なブースターを装着した。だが、その結果として、ブルーフレームは、巨大なロケット花火を背負ったコメディアンのような姿になってしまったのだ。

「このまま、打ち上げたら、綺麗《きれい》に爆発しそうだな」

それが、劾が任務に出かける前にリードが言ったセリフだ。

しかし、劾は、爆発することなく任務を達成し戻ってきた。ブースターで加速したブルーフレームで、実験艦に取り付き、データを無事に回収したのだ。回収作業を終えた実験艦はそのまま放置してきた。破壊《はかい》の依頼《いらい》を受けていなかったし、ヘタに破壊などした場合、かなりの危険がともなうからだ。高速の世界では、破片《はへん》一つと衝突《しょうとつ》しても、命取りになる。

「オレは、依頼者にデータを届けねばならん。用があるなら早く言え」

用もないのにリードが話しかけてくるはずはない。

「実は、次の仕事の依頼を受けたんだ」

「仕事だと？」

劾が眉《まゆ》をひそめる。

しかし、リードは、まるでそんなことには気が付いていないかのように話を進める。

「仕事があるっていうのは、いいことだよな。昨今《さっこん》では、仕事がなくて海賊《かいぞく》になりさがる傭兵《ようへい》も多いってことだぜ」

「キャンセルしろ、オレはすでに別の仕事を受けている」

これは言い訳ではなく、事実だった。

劾の新たな仕事の依頼者《クライアント》は地球連合だ。

「消えた核《かく》兵器の行方《ゆくえ》を探す」という任務だ。

ザフト軍により開発された、核分裂《かくぶんれつ》を抑制《よくせい》するニュートロンジャマー。この発明により、核兵器は無用の長物と化してしまった。

しかし、核兵器というものは、使えなくなったからといって放置出来るような代物《しろもの》ではない。結果、それまでに作られた大量の核兵器のほとんどは、月面基地で厳重に保管されることになる。だが、使えないものを保管するというのは、コスト的に問題が大きい。そこで、核兵器を太陽へ廃棄《はいき》する案が考え出された。この方法は、時間がかかるという欠点があったが、安全に処理出来る上に安価だ。

試験的に一部の核兵器が、太陽への落下軌道《きどう》に乗せられた。

だが、その一部が、忽然《こつぜん》と姿を消したのだ。

だれが、なんのために？

一つの可能性が、考えられた。

核兵器を必要とするということは、それを使用可能にする環境《かんきょう》を手にした者がいるのではないか？　ということだ。

何者かが、ニュートロンジャマーを無効化する方法を発見したのだ。核を再び使えるように出来るのなら、それは地球連合にとって、非常にありがたいことだ。核の保有量では、地球連合はプラントを圧倒《あっとう》する。それにプラントは、人工のコロニーに住んでいる分、核攻撃《こうげき》に対して脆弱《ぜいじゃく》だった。

核兵器強奪《ごうだつ》事件は、その裏に大きな思惑《おもわく》を呼び込み、一気《いっき》に政治的な色合いを有するようになる。地球連合としては、どのように事態が進展した場合にも対処出来るように、自分たち以外に自由に使える手駒《てごま》が必要だと考えた。

そして、傭兵である劾が雇《やと》われたのだ。

「なるほど、そんなことがあったのか……」

劾の話を聞いて、リードが頷《うなず》く。しかし、納得《なっとく》したからと言って引き下がるような男ではない。

「その仕事は、キャンセルするか、後回しに出来ないか……な？」

あまりにも虫のいい要望だ。さすがのリードも自覚があるのか、控《ひか》えめな口調だ。

「リード、おまえが勝手に受けたんだ。おまえが自分でなんとかしろ」

「いやいや、オレが勝手に受けた訳じゃないぜ。今回の仕事はもともとは、イライジャが受けたのさ」

「なんだと？」

イライジャは、劾たちサーペントテールのメンバーであり、もとザフト軍に所属していたコーディネイターのモビルスーツ・パイロットだ。

リードの説明によると、イライジャは、ザフト軍の依頼により、脱走兵《だっそうへい》を追う仕事を受けたらしい。

イライジャは、コーディネイターでありながら、身体的にはナチュラルと同程度の能力しか持っていない。それが両親が望んでそのようにしたのか、偶発《ぐうはつ》的な事故だったのか不明だが、そのため彼は、優秀者《ゆうしゅうしゃ》ぞろいのザフトの中で、劣等《れっとう》感に襲《おそ》われ、ほとんど脱走に近い形で軍をやめていた。

そのイライジャが、ザフトからの脱走兵を追うことになるとは……。

「いったい、なぜそんな仕事を受けたんだ」

「ヤッなりに脱走兵をなんとかしてやりたかったんじゃないのか？」

「なるほど、イライジャらしい考えだ」

イライジャは、感情に流されやすいタイプの人間だった。そこがイライジャの人間的な魅力《みりょく》であると同時に傭兵としての弱点でもある。

「任務を受けたイライジャは、うまく脱走兵を発見した。しかし、ヤツはどうしてもその脱走兵を逮捕《たいほ》できなくなっちまったらしい」

「そうなる可能性があることは、自分でもわかっていただろうに。まあいい。傭兵としての自覚があれば、最後には任務をまっとう出来るだろう。オレはイライジャを信じる。ここで、オレが助けに向かえば、その場はヤツを救うことになるだろうが、長い目でみて、イライジャのためにならない」

劾の言葉は、筋が通っている、さすがのリードも正面から反論することが出来ない。

「たしかにな……だが、それだけじゃなく気になる情報もあるんだ」

「なんだ」

「実はイライジャの追ってる脱走兵だが、戦闘《せんとう》中に何度か味方を殺しているらしい。ザフト軍の公式資料ではもみ消されてるがな」

そんな人物をイライジャが助けようとするとは思えない。何かがあるのかもしれないが、そうだとしても今の劾にはどうすることも出来ない。

「それにな、このままではイライジャは依頼者《クライアント》を裏切り、サーペントテールの名前に傷をつけることになるぞ」

「どちらにしろ無理だ。オレは、オレの依頼者を裏切ることは出来ない。ましてや、地球連合の仕事を放《ほう》り出して、ザフト軍の仕事を受けるなど、出来るわけもないだろう」

「わかった。じゃあ、こうしよう。劾が受けた依頼《いらい》が終わったらイライジャの所に行ってくれないか？　たぶん、イライジャもそのころまでには、自力で任務を完了《かんりょう》していると思う。でもな、念のためめってやつさ。うまくいったかどうか、お前さんに確認《かくにん》してきて欲しいんだ」

リード特有の話術だ。この提案では、断る理由がない。しかも、もし提案にのったら、劾にはイライジャの件に対して、ある程度の責任がうまれる。結局、連合の仕事はすみやかに処理して、イライジャの所に向かわねばならないようだ。

「わかった、イライジャはどこにいる」

「そうこなくちゃ、ラグランジュ4《フォー》にある中立コロニー・リティリアだ」

「オッケー、行けたらいく」

「頼《たよ》りにしてるぜ」

にこやかなリードを後に残し、劾は格納庫の奥へと進んでいった。

×　　×　　×

——リティリア。

そのコロニーは、中立として知られるコロニーだった。

プラントに採用されている天秤《てんびん》型ではなく、円筒形《えんとうけい》のコロニーだ。

もともとは、連合に所属する国家がもっていたモノだったが、老朽化《ろうきゆうか》が激しく、今では廃棄《はいき》処分に近い扱《あつか》いを受けている。リティリアは、コロニーとしての価値を失ったことで、逆に中立を宣言することが可能となった。

プラントをのぞくコロニーは、そのほとんどが、地球上にある国の植民地的な存在であり、完全な独立を手にしているモノは、非常に限られている。中立コロニーとして有名なヘリオポリスも、地球上のオーブ連合首長国の持ち物だ。もっともヘリオポリスは、表向きは中立をうたっておきながら、裏では地球連合のモビルスーツを開発していた。その事実がザフト軍に伝わった瞬間《しゆんかん》に襲撃《しゆうげき》されている。

劾が愛機としているモビルスーツ、ASTRAY・ブルーフレームも、この事件の裏でヘリオポリスから入手したものだ。

もともとリティリアを所有していた本国さえも、中立宣言に対し、無視という寛大《かんだい》な対応をとっていた。リティリアの中立。それは、無価値であるという脆《もろ》い氷面に成立していた。

リティリアの内部も、外見同様、老朽化が進んでいる。以前は、コロニー全体にくまなく送られていた動力も、一部の地域を除き届いていない。もし届いたとしても、それは生命維持《いじ》装置に使わなくてはならない。結果として、コロニーの内部では、何世紀も前に地球上で繰《く》り広げられたような生活が営まれていた。

木を切り、火を燃やし、それを取り囲むように集まる人々。

集まった人々からは、一見して共通点を見出《みいだ》すことは出来ない。数々の人種、幅《はば》広い年齢層《れいそう》。外見からは分からないが、ナチュラルにまざって、少なくない数のコーディネイターもいるようだ。

彼らは、リティリアの中立宣言を受けて、戦いを避《さ》けるために外部から来た者たちだった。今では、はじめからリティリアに住んでいた住民たちのほとんどが、本国に帰るか別のコロニーに移住している。

火を取り囲む人々の間から、音楽が流れてくる。

美しい少女の歌声。

それは、先日行われた『血のバレンタイン一周年式典』のラジオ放送を録音したものだった。

その場にいるだれもが、少女の歌声に聴《き》き入っている。

彼らの中に、イライジャもいた。

イライジャは、ザフトの軍服に身を包んでいるが、それは正規の物とは違《ちが》い改造がほどこされている。顔には大きな傷。しかし、出会った者全員が息をのむほど、その顔は非常に美しく、傷さえも美しさを損《そこ》なうことはなかった。

「イライジャ、ボクは今、幸せだ」

イライジャの隣《となり》に座っている男が話しかける。この男も、ザフトの軍服に身を包んでいる。ただし、イライジャとは違い改造などはしていない。何に使うものか、首にはヘッドホンがかけられている。髪《かみ》は軍人らしく短くしてあった。年齢的にはイライジャと同年代、十代後半の若さだ。だが、見た目からは、さらに若い印象を受ける。

その男の少年のような表情は、服装に反して、彼を軍人というイメージから遠ざけていた。

「ヴェイア」

イライジャが、目の前にいる男の名を口にした。

それは、プラントの英雄《えいゆう》であり、ザフト軍の脱走兵《だっそうへい》であり、イライジャが追いつめるべきターゲットの名であった。

ヴェイアを見るイライジャの瞳《ひとみ》は、親友に向けられたものだ。

ヴェイアも、同じ輝《かがや》きをもつ瞳で、イライジャを見ている。

「ありがとう。きみのような人間が、ボクの追っ手として来るなんて、ボクはなんて幸運なんだ」

イライジャは、リードの協力をえて、ヴェイアがこのコロニーにいることを突《つ》き止めた。すぐにコロニーにやって来たイライジャだったが、もともと彼は、ヴェイアと接触《せっしょく》しても戦うつもりはなかった。ザフト軍時代の落ちこぼれの自分が、英雄に勝てるはずもない。彼には別の目的があった。

イライジャは、ザフト軍時代に何度もヴェイアの姿を見かけている。同じような年齢でありながら、片方は英雄。そして自分は……。

そのヴェイアが脱走したと聞いた時、イライジャは、どうしても、彼に会ってその理由を尋《たず》ねてみたいと考えたのだ。


このコロニーで、ヴェイアと初めてあった時、イライジャを見てヴェイアの表情に驚《おどろ》きの色が表れた。しかし、すぐに温かい笑《え》みがイライジャに向けられる。

それは、氷のかたまりが、一瞬《いっしゅん》で溶《と》けてしまうような温かさにみちた変化だった。

「ボクを、捕《つか》まえるために来たんですね？」

「…………」

イライジャは、かって英雄と呼ばれた男の笑顔に引きつけられ、返事を返せなかった。

「その軍服でわかりましたよ」

ヴェイアは、イライジャの沈黙《ちんもく》を「なぜ自分が追っ手だと分かったのだ？」という疑問を表しているのだと理解したらしい。

「いや、オレはザフト軍ではない。いや、追っ手ではあるんだが……」

（いったいオレは何を言ってるんだ？　落ち着け！）

イライジャは、自分の不甲斐《ふがい》なさが情けなかった。

「オレは、サーペントテールのイライジャ・キール。おまえに用がある」

イライジャは、自分が傭兵《ようへい》であり、ザフト軍に雇《やと》われてここに来ていることをヴェイアに伝えた。ヴェイアは、イライジャが自分を捕まえに来た人間であると知っても、特に逃《に》げ出そうとはしなかった。

一通りの説明を終えると、イライジャは、本来の目的である自分の疑問をヴェイアにぶつけてみる。

「なぜ、英雄と呼ばれたあんたが、脱走などをしたんだ？」

一瞬、二人の間を沈黙が支配する。

やがて、ゆっくりとヴェイアが答える。それは、考え抜《ぬ》いた上に、やっと言葉にすることが出来たかのような想《おも》いのこもった口調だった。

「戦いの……空《むな》しさに気が付いた……とでも言えばいいんでしょうか……」

「…………」

だがそれは、イライジャを満足させるような答えではなかった。「戦いの空しさ」とは、まるで安っぽい平和主義者の言葉のようだ。

イライジャの不信そうな表情を読みとって、ヴェイアが続ける。

「あまりに月並みな答えで、すみません。でも、事実はその通りなんです。ボクは、戦いに嫌気《いやけ》がさした。戦って、ナチュラルを殺すことで〝英雄〟と呼ばれるような自分自身にも吐《は》き気がした」

ヴェイアは、遠くを見つめている。そこに過去の自分をみているのだろう。

「本当は自殺しようと思ったんですが、そんな勇気はボクにはありませんでした。で、どこかに自分を本当に活《い》かせる場所、自分が自分らしく生きられる場所がないかと思いまして」

「それが、ここなのか？」

イライジャの問いに対し、ヴェイアの返答は簡素を極《きわ》めた。ただひとこと、満面の笑みを浮《う》かべて彼は答えた。

「はい！」

「ここに、なにがあるというんだ？」

「ご説明しましょう。あなたなら、信用出来そうだ」

ヴェイアがイライジャに語ったのは、壮大《そうだい》な夢物語だった。

このコロニーでは、戦いを避《さ》けるために集まった人が大勢いる。彼らの願いはただ一つ。

戦いのない世界に住みたいというものだ。しかし、ナチュラルとコーディネイターの全面戦争が繰《く》り広げられているこの地球圏《けん》に、戦いのない所などありえない。

残された方法は、地球を離《はな》れることしかない。

そうして、地球圏脱出《だっしゅつ》計画が発動することになった。

コロニー自体を巨大《きょだい》な宇宙船に改造し、地球圏を脱出しようというのだ。

目的地は、木星に決められた。

木星には、宇宙開発初期の段階に建設されたステーション基地が残されている。

ファースト・コーディネイターであるジョージ・グレンが木星探査に使用した基地だ。

彼は、ここでの活動中に木星の衛星エウロパから、巨大な異生物の化石を発見している。

現在、エヴィデンス01《ゼロワン》と名付けられたその化石は、宇宙開発のシンボルとして、プラントのアプリリウス市に保管されている。

「我々は、戦いの世界を捨て、平和な宇宙生物たちの仲間になるのだ」

そんな一見不可能とも思えるスローガンをかかげたリティリアの人々は、努力を重ね、やっと計画の最終段階にまでこぎ着けていた。

「ここの人々は、この計画に命をかけています。しかし、この計画が地球連合やプラントの知るところとなった場合、どのような事態になるのか分かりません。力ずくで阻止《そし》しようとすることも考えられます」

「そうなったら、きみは彼らのために、戦うのか?」

イライジャの問いにヴェイアは大きく頷《うなず》く。

「それこそ意味のある戦いでしょう」

ヴェイアの口調はよどみがない。強い信念を持っている者だけに許される言葉の力を持っている。

イライジャの心はヴェイアの言葉にかき乱されていた。

(今、自分がなすべきことはなんなのだ?)

けして短くない時間が二人の間に流れ、やがて、一つの決心をして、イライジャがゆっくりと口を開く。

「では、オレも、それを見届けることとしよう。きみをどうしたらいいのか。それは、その後に決める」

「ありがとうイライジャ。本当にボクは幸運な男だ。きみと出会えたことを世界に感謝しなくては」

ヴェイアが、イライジャの手をとって強く握《にぎ》る。そこには、追う者と追われる者はすでに存在せず、ただの友人同士がいるだけだった。

× × ×

コロニーには、脱出に協力するために住民の他《ほか》にも多くの人間がいた。中でも、コロニーを宇宙船へと改造するために、かなりの数のジャンク屋が来ていた。

コロニーは、長い航行に耐《た》えられるように外壁《がいへき》を強化しなくてはならない。さらに、もっとも重要なのが航行用のエンジンだ。

今現在は、コロニーが推力をえるための装置のようなものは、一切《いっさい》取り付けられていない。本来推力をえる装置があるべきコロニーの端《はし》には、巨大なお椀《わん》がつけられている。それがなんらかの推進装置なのか、別の目的があるのか、イライジャには見当も付かない。

コロニー改造の作業を見ていたイライジャは、作業マシンの中に見慣れたモビルスーツの姿を発見した。

「アストレイじゃないか……！」

劾が来てくれたのか。と一瞬《いっしゅん》思ったが、その考えはすぐにうち消される。目の前にいるＡＳＴＲＡＹは赤い。ジャンク屋の少年ロウが操縦しているレッドフレームだ。

ヘリオポリスの事件で世に放たれたＡＳＴＲＡＹは、劾が手にしたブルーフレームの他にもう一体あるのだ。

「それにしても、よく会う」

イライジャは、苦笑いを浮《う》かべた。

どうやら、あのジャンク屋とは、なにがしかの運命の糸で結ばれているらしい。

直接会って挨拶《あいさつ》しようかとも思ったが、やめておく。

用もないのに会いに行けば、自分がどんな理由でここに来ているのかを話さねばならなくなる。任務についての話を他人にするのは、タブーだ。すでに任務を遂行《すいこう》出来そうにない状態だったが、だからといって秘密を明かしていい理由にはならない。

イライジャとヴェイアは、ともに過ごす時間が多くなっていた。

二人の時、イライジャは、なるべく多くのことをヴェイアに問いかけた。

「なぜザフト軍に志願したんだ？　戦いに身を置こうとした理由は？」

イライジャの問いに、ヴェイアが問いで返す。

「きみは、なぜ軍をやめた後も、傭兵《ようへい》にまでなって戦い続けてるの？」

ヴェイアに向けた質問が、そのまま自分に返ってくる。

イライジャには、その問いに答えることが出来なかった。

能力的なコンプレックスに苦しんだ末にザフト軍をやめたイライジャだったが、軍をやめても生きていくためには何かをしなくてはならない。結局、プラントを出て外の世界で彼が生きるためには、「コーディネイターである」という価値を活《い》かして傭兵になるしかなかったのだ。

もちろん、そのためには努力もした。コーディネイターであるイライジャに向けられる人々の期待は、実像を大きく上回る。イライジャの全身に付いたキズ痕《あと》は、新人傭兵時代に受けたものだった。何度も死にそうになりながらも、彼は、必死の思いで生き残った。

そうしているうちに、イライジャは、傭兵の中でも、一流と呼ばれる部類になっていた。

そのころになると、任務に対して、それまで軍にいた時にはえられなかった充実感《じゅうじつかん》を味わうようになった。

「それは、きっと自分のために戦っているからじゃないかな?」

それが、イライジャの話に耳を傾《かたむ》けていたヴェイアの答えだった。

「つまり、ボクも自分の戦いのために、軍を抜《ぬ》けたのかもしれない」

ある時は、イライジャは、自分の境遇《きょうぐう》についてヴェイアに聞いてみた。

なぜ、自分はコーディネイターでありながら、身体的な能力を持たないのか?

なぜ、外見ばかりを美しく整えられたのか?

ヴェイアの答えは意外なものだった。

「それは、両親が望んでやったことかもしれないね」

「なぜ？　どうしてオレを中身のない、外面だけの人間にしたんだ！」

イライジャが怒声《どせい》を放つ。が、すぐに後悔《こうかい》する。ヴェイアをせめても意味がない。

「すまない、つい、興奮してしまって」

「ボクも説明がたりなかった。たぶん、ご両親は、きみにきみ以上の何かにはなって欲しくなかったんじゃないかな？　遺伝子を改造してまで、高みを目指す必要はないと思ったんだよ。ただ、きみに健康でいて欲しいと思った。だから、コーディネイターにした。外見については、生まれつきの姿なんじゃないのかな？」

（そうなのだろうか？）

考えてもみなかったヴェイアの答えは、イライジャの気持ちを軽くした。

こんな体をもったばかりに、人一倍努力もした。今では、傭兵としてそれなりの名も通っている。劣等《れっとう》感が、自分を強くしたのだ。

自分の強さは、人為《じんい》的に遺伝子を改造してえられたものではない。すべて、自分の努力で手にした能力だ。その自負もあるし、確信もある。

両親がそこまで考えて、自分をコーディネイターにしたのか？

その答えを知る術《すべ》をイライジャは持っていない。

ただ一つ言えるのは、今の自分を嫌《きら》いではないということだ。

×　　　×　　　×

コロニー内部の人間たちは、暇《ひま》さえあれば『血のバレンタイン一周年式典』の録音に耳を傾けていた。それは悲劇を思い出し悲しむためではなく、その式典で流れた少女の歌を聴《き》くためだった。

その少女のことは、コーディネイターなら知らない者はいなかった。プラントの最高評議会議長シーゲル・クラインの娘《むすめ》、ラクス・クライン嬢《じよう》だ。

当然ながら、コーディネイターであるイライジャもその少女の存在を知っていた。

「なんて美しい歌声なんだろうね」

そう言うヴェイアの言葉に、心からイライジャも頷《うなず》いた。

ザフトに所属していた時に、何度かその歌声を聴いたことがあったが、ここまで感銘《かんめい》を受けたことはなかった。

(状況《じようきよう》がそうさせるのだろうか)

ヴェイアもザフト軍にいたのだから、ラクスの歌は何度も聴いたことがあるはずだ。

「ボクは、ここでこの歌に出会うまで歌というものに興味がなかったんだ。歌が流れていても、耳をかそうとしなかった。実はボクは、ノイズ・ジャンキーなんだ」

「ノイズ・ジャンキー？」

聞き慣れない言葉にイライジャが首を傾《かたむ》ける。

「世の中には、いろいろな中毒があってね。ボクの場合は、ノイズなんだ。他人にとっては耳障《みみざわ》りなノイズ。それがボクにとってはたまらない快感になる」

ヴェイアは、自分の首に下げられたヘッドホンを指さす。

「これ、壊《こわ》れてるんだ。流れるのは、ノイズのみ。軍で戦いに明け暮れていた時は、これが手放せなかった。これなしでは戦えないほどだったよ」

しかし、今はラクス嬢の歌を聴き、ノイズに頼《たよ》ることもなくなったらしい。少なくとも、イライジャは、ただの一度もヴェイアがノイズを楽しんでいるのを見たことがなかった。

「不思議なものだよ。歌によってボクは新たな発見をしたんだ」

「なにを見つけた？」

「自分の中のもう一人の自分……かな」

「……そうか」

イライジャは、「自分の中にはどんな自分がいるのだろうか」と考えてみる。

しかし、今の自分以外の、他《ほか》の自分を感じることは出来ない。それは、少し残念な気がした。もっと素晴《すば》らしい自分を見つけられれば良《い》いのに……そんな風にも思ってしまう。

ラクスの歌は、コロニー全体の人々のささえにもなっている。コーディネイターの少女が歌う歌が、人々の心を救う。おそらくラクスの歌の才能も遺伝子調整によって獲得《かくとく》したものだろう。それがいいことなのか、悪いことなのかはイライジャにはわからない。ただ、歌そのものには、なんの罪もなく、ただ聴く人の心のみが、その評価が出来るような気がする。

×　　×　　×

平和な日々は、突然《とつぜん》の来訪者によって打ち破られた。

その日、けたたましいサイレンの音で、イライジャは叩《たた》き起こされた。

このコロニーに来て、はじめての経験だ。

イライジャの前に現れたヴェイアは、慌《あわ》てている。

「地球連合の艦隊《かんたい》が近づいてくる」

「なに！」

ジンで出撃《しゅつげき》するというヴェイアに、イライジャは、自分も協力することを伝えた。

「ありがとう。でも、きみに迷惑《めいわく》をかけることは出来ない」

「迷惑？　もし地球連合にきみが捕《つか》まって捕虜《ほりょ》にでもなってみろ、オレの傭兵《ようへい》としての信用は地に落ちることになる。オレはオレのために戦う。それだけさ。もっとも英雄《えいゆう》ヴェイアに手助けなど不要かもしれないがな」

「そんなことはないさ」

ヴェイアが、心底、気持ちの良い笑《え》みをイライジャに向ける。

だが、その笑みは、ヴェイアが首にかけていたヘッドホンを耳に当てると同時に消えてしまう。

その時、イライジャの目には、笑みが消えただけでなく、ヴェイアの表情に冷たいものが走ったように感じられた。

ジンに乗り込んだイライジャは、すぐにコロニーの外に出る。

外では、ヴェイアのジンが待っていた。

イライジャのジンは、頭部にバスターソードを装備した改造機だ。

ヴェイアのジンも、改造機だった。両肩《りょうかた》のアーマーは、左右で大きさが違《ちが》う。右肩のアーマーは腕《うで》全体を覆《おお》い尽《つ》くすほどの大きさで、そのままシールドとしての役割も持っていた。全身は、真っ赤に塗装《とそう》されている。赤はザフト軍の中でも特別な色だった。赤い軍服はエリートだけが着ることを許されている。おそらく機体を赤く出来たのも彼が、特別な〝英雄〟だからだろう。

武装は、イライジャのジンはバズーカ。それと予備にマシンガンも持っている。ヴェイアのジンはノーマルのジンとかわらないマシンガンと剣《けん》を装備している。

コロニーの外でヴェイアと合流したイライジャは、ただちに索敵《さくてき》行動に入る。リティリアの存在するこの付近ではニュートロンジャマーの影響《えいきょう》はなく、レーダーが使える。

もちろん、敵艦に搭載《とうさい》されたジャマーが発動すればレーダーは無効化されるが、そのこと自体で、敵の接近を察知することが可能になる。

レーダー上の地球連合の艦隊とはかなりの距離《きょり》があった。

「敵は、遠いな」

「いや、敵ならすぐ側《そば》にいるさ」

ヴェイアの言葉にいつもの明るさがない。

「えっ、どこにいる？」

「ここだよ！」

そう言うと同時にヴェイアのジンのマシンガンが火を噴《ふ》く。

イライジャは、間一髪《かんいっぱつ》のところでそれを避《よ》けた。

「ヴェイア、なぜ！」

「ふふふふ」

イライジャが耳にしたのは、今までヴェイアの口からは聞いたこともないような不快感を催《もよお》す笑い声だった。

「おまえは、騙《だま》されていたのさ」

それはまるで、ヴェイアの口を使い、別の人間が話しているかのようだ。ヴェイアの声にかさなるように、ノイズの音が激しく流れている。ヴェイアのヘッドホンから漏《も》れた音だ。

「おまえは……だれだ！」

「ヴェイアさ。ただし、おまえさんと仲良しのヴェイアじゃない。本物の英雄ヴェイアさ」

「……どういうことだ」

「鈍《にぶ》いね。ヴェイアは二重人格なんだよ」

それは衝撃的《しょうげきてき》な告白だった。

あのヴェイアが……しかし、それならば今のヴェイアの変貌《へんぼう》にも納得《なっとく》がいく。

「お前は、ヴェイアのストレスが作り出したニセの人格だな。消えろ！　本物のヴェイアを戻《もど》せ！」

「おいおい、気に入らないからって、オレをニセモノと決めつけるのやめてくれよ。オレにだって人格があるんだ。それに、どちらかと言えばオレが本物なんだぜ。その証拠《しょうこ》に、オレは、あまっちょろい人格が体を支配している時だって、ヤツの陰《かげ》で意識をたもつことが出来た。それにくらべ、ヤツは、オレが起きている時は眠《ねむ》っている。つまり、この体の主導権をにぎっているのはオレ。本物もオレってことさ」

ヴェイアは、記憶《きおく》障害の治療《ちりょう》を受けていた。

記憶障害では、一時的に記憶を失うことがある。どうやら、この恐《おそ》ろしい人格が表に現れていた時、ヴェイアは眠りにつき、その間に起きたことの記憶を覚えていなかったのだ。

「ヤツは、英雄にしてやった恩を忘れて、オレを裏切った」

「どういうことだ⁉」

「ヤツは、戦うために生まれてきたような人間だった。なのにヤツはなかなかその才能を活《い》かせずにいた。そこで、オレが、ヤツに変わって、この素晴《すば》らしい体で敵を殺しまくってやったのさ」

ヴェイアが英雄と呼ばれるような戦いを成し遂《と》げた時、体は、この人格に支配されていたのだ。

「それなのに、ヤツは、軍を脱走《だっそう》してしまった。そして、戦いのない世界に逃《に》げ出そうという、吐《は》き気のするようなヤツラに協力している。これが裏切りではなくてなんだというのだ！　まあ、今までのことは水に流してやってもいい。今じゃ、軍にいるより面白《おもしろ》いことが起きている。このコロニーにいる連中は、希望をいだいたまま、連合の艦隊《かんたい》の攻撃《こうげき》を受けて死に至る。ヒャヒャヒャヒャ、可笑《おか》しいだろ？」

「……貴様！」

突然《とつぜん》現れた地球連合の艦隊。それを呼び寄せたのは、コイツに違いない。

ヴェイアの話す言葉の後ろでは、ずっと耳障《みみざわ》りなノイズが流れている。しかし、そのノイズよりも何倍もヴェイアの言葉の方が耳障りだった。

「ゆるさない！」

イライジャの瞳《ひとみ》が赤く炎《ほのお》を上げる。

「ほう、オレと戦って勝てると思うのか？　この英雄《えいゆう》ヴェイアに！」

その言葉をキッカケとして、ヴェイアのジンが行動を開始する。

右手に握《にぎ》られたマシンガンが、火を噴く。

速度を削《けず》る空気抵抗《ていこう》のない宇宙空間を切り裂《さ》き、弾丸《だんがん》が飛来する。

音はない。

風圧もない。

地上なら当然ありえる予兆は、なに一つない。

宇宙はそれ自体が死で作られているのだ。

イライジャは、自分のジンを急速反転させる。

と、同時に反撃に移る。

バックパックの下にマウントしてあった、もう一丁のマシンガンを取り出す。

イライジャのジンは右手にバズーカ、左手にマシンガンを構えると、同時に発射する。

ただし、目標は同一ではない。

右手のバズーカは、敵を真《ま》っ直《す》ぐに狙《ねら》う。

しかし、もう一方のマシンガンは、敵の頭上めがけて放つ。

モビルスーツにしろ戦闘機《せんとうき》にしろ、進行方向以外への回避《かいひ》行動は、まずありえない。

それを利用して、真っ直ぐにターゲットを狙った弾《たま》をわざと避《よ》けさせることで、頭上に放った弾を命中させようというのだ。それはイライジャが、実戦経験の中で修得《しゅうとく》した必殺の攻撃だった。

だが、その攻撃が英雄を倒《たお》すことはなかった。

ヴェイアのジンは、予想に反して上へは逃げず、真っ直ぐ後方へと引いていく。どんどんイライジャの機体との距離《きょり》が開く。

そうすることでバズーカによる初弾との相対速度を殺したのだ。あるていど速度を殺せば、弾は止まっているのと同じだ。

ヴェイアは、正確な射撃で、目の前のバズーカ弾を撃《う》ち落とす。理屈《りくつ》では分かっていても、そうそう実行出来ることではない。

「おまえ、面白いな〜。それでこそ戦う意味があるというものだ」

ノイズに彩《いろど》られたヴェイアの不気味な声が届く。

「今度は、オレの方から行くぞ！」

ヴェイアのジンのマシンガンが火を噴《ふ》く。と、同時に本体が、加速しながら突《つ》っ込んでくる。

イライジャは、正面から狙われた最初の弾丸を上へ避ける。

射撃と同時に突っ込んで来たヴェイアのジンは、すれ違《ちが》いざまイライジャのジンを剣《けん》で斬《き》りつけた。

幸い、アタリは浅かったが、右肩《みぎかた》にダメージを受けてしまう。右腕《みぎうで》の動きが一気に鈍《にぶ》くなる。

「どうだ、お前の攻撃をアレンジしてみたんだ。次弾となる攻撃は自分の機体でやれば、相手の動きに臨機応変に対応出来るぜ。ヒャッヒャッヒャッ。それにしても、自分でも上に逃《に》げるとは、ちょっと予想が外れたぜ。右に移動する方に賭《か》けてみたんだがな」

何度も修羅場《しゅらば》をくぐり抜《ぬ》けてイライジャが体得した攻撃を、いともやすやすとマネされた上に、より強力な攻撃として返されるとは……。

しかも、イライジャは、自分の編み出した攻撃のワナにかかり、自分自身でも上に逃げてしまったのだ。今回は、ヴェイアが右に逃げると予想していたおかげで、致命傷《ちめいしょう》を貰《もら》わずにすんだ。

「自分のマヌケさに救われるとは」

なんとも情けない。

しかし、今はそれを恥《は》じるより、自分の幸運に感謝する。

「もう一度行くぜ！」

再び、ヴェイアが銃撃《じゅうげき》を放った後に突っ込んでくる。

「くそ！」

一瞬《いっしゅん》、イライジャの心の中に「死」という一文字が大きく現れる。

（ここで死ぬのか？）

その瞬間、イライジャの中のもう一人の自分が叫《さけ》ぶ。

「死ねるかよ！」

イライジャは、腹をくくった。普通《ふつう》の攻撃《こうげき》では英雄《えいゆう》を打ち破ることは出来ない。ならば……。

イライジャは、細かい操作で、ヴェイアのジンが放った攻撃のうち、コクピットへの直撃だけを避ける。それ以外は、まったく意に介《かい》さない。無数の銃弾が機体を貫《つらぬ》き、激しい衝撃《しょうげき》が体を揺《ゆ》り動かす。

しかし、イライジャはその衝撃に耐《た》えた。コクピットの正面モニターには、凄《すさ》まじい速度でヴェイアのジンが突っ込んでくるのが映し出されている。

敵の手に握《にぎ》られた剣がきらめく。

イライジャは、それを避けようともしない。

次の瞬間、移動スピードのたっぷりのった一撃がイライジャのジンを斬り裂《さ》く。

だが、イライジャも、ただ何もせずに攻撃を受けた訳ではなかった。

攻撃を受ける直前に、イライジャのジンの頭部が百八十度回転する。

そして、そのまま頭部に装着された巨大《きよだい》なソードを振《ふ》り下ろしていた。攻撃のためスピードを出していたヴェイアは、それを避《よ》けることが出来ない。頭部のソードは、ヴェイアのジンに深々と突き刺《さ》さっていた。

イライジャの捨て身の攻撃だった。

お互《たが》いに剣を突き立てあった二体は、そのまま、制御《せいぎよ》を失う。

「やってくれるな、ゴミのくせに……この英雄様に！　だが、まだ決着がついた訳ではないぞ！」

ヴェイアのジンが再びマシンガンを構え直す。

二体は極度の接触《せつしよく》状態にある。この距離で発射された弾丸《だんがん》を避けることなど不可能だ。たとえ目をつむって撃ったとしても全弾命中するだろう。

「………」

だが、いつまで待っても、弾は発射されることはなかった。

やがて、イライジャの耳に聴き慣れた歌が聴こえてくる。

天使のような少女の歌声。

ヴェイアが好きだったラクスの歌だ。代わりに耳障《みみざわ》りなノイズはやんでいる。

「ヴェイア……もしや……」

イライジャのその問いに答えたのは、まさに、あの友であるヴェイアだった。

「すまない、イライジャ」

「きみか、きみなのか？」

「ああ、そうだ」

「しかし、どうして……」

「この曲のおかげさ。ボクは、この曲が流れている間、裏の人格を封《ふう》じることが出来る。裏の人格はこの曲を聴いている時は、眠《ねむ》っている状態になるんだ。どうやら、裏の人格がこの体を支配するのにノイズが必要だったように、ボクには、このラクス嬢《じょう》の曲が必要らしい。ボクが脱走《だっそう》を思いたった時も、この曲が流れていた。それでボクは気づいたんだけどね」

「しかし、どうやって曲を流しているんだ？」

「実はね。このヘッドホンからラクス嬢の曲が流れるように、あるジャンク屋に修理を頼《たの》んでおいたんだよ。今まで流れなかったところを見ると、うまく修理出来ていなかったようだね。戦いのショックで、動き出したようだけど……。でも、またいつ止まるか分からない」

そこで、ヴェイアは言葉を切った。

次に彼がなにを言おうとしているのか、イライジャには予想がついた。しかし、それはイライジャがもっとも聞きたくない言葉だった。

「ボクを……殺してくれ、イライジャ」

その言葉は、ヴェイアの口からあふれ出し、イライジャの耳に届いてしまった。

バックでは、天使の歌声が続いている。

(いつまでもこの曲が続いてくれれば……)

しかし、それは叶《かな》わない願いであることをイライジャは知っていた。

「頼むよ、イライジャ」

「だめだ。……そうだ、このままコロニーに戻《もど》って医者に診《み》てもらうんだ。そうすれば、かならず治せる」

「残念だが、それは出来ない。実際、二つのボクのどちらが本当のボクなのか、自分でも分からないんだ。治療《ちりょう》したことで、ボクの人格の方が消えることだってありうる。それに、ボクは多くの血を流しすぎた。英雄と呼ばれることにも酔《よ》っていた。コロニーの旅立ちを見届けられないのは残念だけど。……頼む、殺してくれ」

親友の願いは、非の打ち所がない。そうするのが一番正しいことであることも理性では理解出来る。

「出来ない……ヴェイア、オレはきみを友だと思っている。そんなきみを殺すなんて……」

「友だからこそ、殺して欲しいんだ。これは、きみにしか頼めない」

ここでヴェイアを殺すことが、彼を救うことになる。

それは、正しいことのハズだ。彼はそう望んでいる。

だが、しかし、イライジャは自分で分かっていた。

自分には撃《う》てない、と。

「もうじき曲が終わる。頼むよ、このまま曲が終わればボクはボクじゃなくなり、きみを殺すことになる」

それは推測ではなく事実だった。もし曲が終わり、友であるヴェイアが血に飢《う》えた英雄《えいゆう》ヴェイアに戻ったら、万に一つもイライジャが生き残れる可能性はないだろう。

それでも……。

「すまない、オレには、きみを撃つことは出来ない。きみとこの曲を最後まで聴こう」

それがイライジャに今出来る唯一《ゆいいつ》のことだった。

静かに曲が流れる。

流れる。

傷ついた二体のジンの中で二人のコーディネイターがそれを聴いている。

コロニーでは、木星へ向けての脱出《だっしゅつ》の準備が進んでいるだろう。そして、それを阻止《そし》するための地球軍の艦隊《かんたい》も近づいてきているはずだ。だが、それらすべてが今の二人には関係なかった。

そして、曲が終わった。


「さよならイライジャ」

「さよならヴェイア」

お互《たが》いの名前を呼び合った後に、不気味な笑い声が響《ひび》く。

イライジャは、マシンガンを発射するためのトリガーを握《にぎ》りしめた。しかし、トリガーを引くことは出来ない。目はつむっていた。それは、まるで理不尽《りふじん》な世界が、そうすればすべて彼の前からなくなってしまうのではと、願っているかのようだ。

一瞬《いっしゅん》の後、機体に激しい衝撃《しょうげき》が走る。

(オレは、死んだのか?)

その答えを確かめるために、イライジャは目を開いた。

イライジャは生きていた。

代わりにヴェイアのジンがコクピットを撃ち抜《ぬ》かれている。

その綺麗《きれい》な弾痕《だんこん》はビームによる攻撃《こうげき》だ。

さきほどの衝撃は、イライジャのジンが攻撃されたものではなく、ヴェイアのジンが撃たれた衝撃が伝わってきたものだ。

「劾か⁉」

ビームを装備したモビルスーツは少ない。劾の愛機ASTRAY・ブルーフレームは、そうした数少ないモビルスーツの一機だ。

「イライジャ……無事か？」

通信機から流れた声は、予想通りの人物のものだった。

「劾……どうしてここに」

「オレは、オレの仕事の最中さ。今は地球連合の艦隊と行動をともにしている」

皮肉なことに英雄ヴェイアが、地球連合に連絡《れんらく》したことで、劾がここに現れることになったのだ。結果として、ヤツは、自分自身で自分の命を失うきっかけを作ったことになる。

「劾、きみはなぜ戦っているんだい？」

半壊《はんかい》したジンから助け出されたイライジャは、劾の顔を見るなり、まずそう聞いた。

「どうした、なぜ、そんなことを聞く？」

自分でも、なぜそうしたのか分からない。

「いや、ただ、聞いてみたかったんだ」

「それを聞いてどうする？　オレの理由はオレのものでしかない。お前は、お前の理由を見つけろ。他人の理由に影響《えいきょう》されたりすれば、結局、迷いを生むことになる。苦しみも、迷いも、すべてお前自身のものだ」

「……………」

刹那の説明は、明瞭《めいりょう》だった。

結局、自分は自分でしかないということだ。

どのように生まれようと、どのように生きようと。

「地球連合の艦隊がせまっている。オレは、ヤツらに先行して来たんだ。ここで起きたことを詳《くわ》しく説明してもらおうか」

「ああ」

なんとしても、コロニーの脱出計画は成功させたかった。それが、今のイライジャの唯一の願いだった。

MISSION 03

風花《かざはな》・アジャーの冒険

告白する。

アタシには、ハンデがある。

いきなりで驚《おどろ》く人もいると思うけど、このハンデこそが、アタシの悩《なや》みの種なのよ。

お母さんは、問題を解決するためには、物事を整理してみなさいと言う。アタシのハンデも一つ一つ整理すれば解決するのかしら？

まず、第一にアタシは、ナチュラルだ。

これは、そのように生まれたのだから、もうどうにもならない。生まれる前に自分で選べるならいいけど、現実はそうなってない。

第二に、女だ。

これも、生まれた時から決まっていて、本人に選択《せんたく》する自由はない（まあ、女だという点は、ハンデだとは感じているけど、それほど嫌《きら》いな訳ではないので、我慢《がまん》してもいいかな）。

第三に、子供だ。

この世に生まれて六年。自分では、実際の年齢《ねんれい》より精神的に成熟しているつもりだけど、肉体的には、他《ほか》の子供とかわらない。力はないし、小柄《こがら》だからマシンの操縦も無理（ペダルに足がとどかない！）。

子供という点は、時間が解決してくれるかもしれないけど、アタシは、そんなに気長に待つなんて出来ない。

以上、整理して考えてみても、なんの解決にもならない。

アタシのハンデは、アタシの夢を追いかけるための障害として十分すぎるもの。

アタシの夢、それは傭兵《ようへい》部隊サーペントテールの正式なメンバーになること……。


アタシの名前は、風花《かざはな》・アジャー。

六歳の女の子。身長は一メートル三十五センチ。同年代の子供と比べたら、かなり大きい方だと思う。そのかわり、ひょろひょろだけど（お母さんの話では、長い間、宇宙空間で暮らしていると、こんなもやしっ子になってしまうらしい）。

髪《かみ》の色と目の色は黒。髪は、出来れば長く伸《の》ばしたいのだけど、宇宙空間で生活するのに邪魔《じゃま》になるから、短くしている。昔は、この髪型のせいで、よく男の子に間違《まちが》えられたけど、今ではそんなこともない。ただ、それはアタシが女の子っぽくなったからじゃなくて、アタシのお母さんが有名すぎるからだ。

お母さんは、ロレッタ・アジャー。裏の世界では、かなり名の知れた人間ね。超《ちょう》一流の傭兵部隊サーペントテールの紅一点。そして、子持ちのシングルマザー。

傭兵の世界は、ほとんどが男ばかり。そんな中にあって、女性で、さらに小さな女の子(認めたくないけど、アタシは小さい)をつれていれば、目立たないはずがない。

お母さんは、有名なだけでなく、すごい人気者。お母さんと友達になろうと話しかけてくる男は、後を絶たない。アタシのような子供がいるのに、おかまいなし。それどころか、頼《たの》みもしないのに「お父さんになってあげよう」なんて言ってくるヤツまでいる。

まあ、お母さんが人気があるのはしかたない。子供のアタシから見ても、その理由はよく分かるもん。

お母さんは、有能な傭兵であると同時に、偉大《いだい》な母性本能の固まりのような人なのよ。子供の時には(今も子供だけど……)、そんなお母さんに知らない男の人が言い寄ってくるのを見るのは、不愉快《ふゆかい》だった。「お母さんは、アタシのモノだ!」と言って泣き叫《さけ》んだこともあったらしい。

でも、今なら分かる。宇宙で暮らす男たちは、基本的に孤独《こどく》なのよね……。吸い込まれそうなくらい真っ暗で何もない宇宙空間。そこで死と隣《とな》り合わせで暮らしていれば、だれかに側《そば》に居て欲しくなる。お母さんのような女性を必要とするのは、当然といえる。

アタシのお父さんについては、なにも知らない。

物心付いた時には、お母さんしかいなかったし、お母さんもお父さんのことは教えてくれない。もともと結婚《けっこん》していないのか、それとも死んでしまったのか……。

アタシがそのことについて、周りの人間に聞いてみると、大抵《たいてい》返ってくる言葉は決まっている。

「サーペントテールのメンバーのだれかじゃないのか？」

という答え。

アタシも、その意見については、一理あると思う。

お母さんは、当然のことながら、部隊のメンバーとは非常に親しい。メンバーも、お母さんやアタシに親しくしてくれる。

お母さんを除くと、サーペントテールのメンバーは三人。全員男性。

メンバーで一番怪《あや》しいのは、リーダーの叢雲劾《ムラクモガイ》かな。

コーディネイターなのに、もともとは地球連合に所属していたとかで、作戦の時には、今も地球連合の軍服を着ている。なかなかの二枚目で、緩《ゆる》やかなウェーブのかかった髪は、兵士の割には長く伸ばしていて、アタシはけっこう好き。

顔には、いつもオレンジ色のサングラスをかけている。コーディネイターには、目が悪い人間はいないはずなので、戦闘《せんとう》かなにかでケガをしたせいかもしれない（ただのオシャレかもしれないけど……）。

劾は、無口という訳じゃないけど、無駄《むだ》なお喋《しゃべ》りをするようなタイプじゃないから、子供のアタシは、あまり話をしたことがない。

男としては、ちょっと固すぎて面白《おもしろ》みがないかもしれないけど、父親としては、このぐらい厳格な方が理想的かもしれない。

人に言わせると、彼は、その名前からもアタシの本当の父親である可能性が高いらしい。

「風花」というアタシの名前は、地球の日本という国の言葉で、「叢雲劾」という名前も同じ日本のもの。だから、父親という単純な発想ね。

ちなみに「風花」の意味は、晴れているのに風にふかれて、雪が飛んでくる自然現象をいうらしい(残念ながらアタシは、地球に降りたことがないので、普通《ふつう》の雪すら見たことがない)。

お母さんが、地球でそれを見て大感動して、自分の子供《アタシ》の名前にしたらしい。

もし仮に劾がアタシの父親だとしたら、アタシはコーディネイターとナチュラルのハーフということになる。

コーディネイターどうしの子供は、生まれつきコーディネイターとしての高い能力を持って生まれる。ハーフでも半分ぐらいは、コーディネイターとしての能力を持ってるのかしら？　そうだとしたら、うれしいけど……。

まだアタシ自身の体には、コーディネイターらしい特徴《とくちょう》はない。本物のコーディネイターも子供のころは、それほどナチュラルとかわらないらしいから、これからに期待することは出来そうだけど……。

劾以外のメンバーは、どうかしら。

イライジャ・キール。

彼も、劾と同じコーディネイター。ただ、彼の場合は、ちょっとかわっていて、コーディネイターとしての優秀《ゆうしゅう》な能力を何一つ持っていない。それが、意図してそう作られたのか、遺伝子操作の失敗なのか分からないけど、彼は、それを補ってあまりある美しさを持っている。彼は、顔を含《ふく》め全身に戦いで付いたキズがあるのだけど、それでも彼の美しさに関係ないみたい。

たぶん、どんな女性でも、イライジャの美しさには心を引かれると思う。

アタシとしても、イライジャには、恋人《こいびと》になって欲しいと思うことはあっても、父親になって欲しいとは思わない。

それと、イライジャは、性格的になんだか暗い所がある。どうも自分の能力について、グチグチ悩《なや》みすぎなのよね。アタシだって、今の自分に満足していないし、よく悩むけど、イライジャほど暗くなったりはしない。

で、彼がアタシの父親である可能性だけど、かなり低そう。

イライジャは、現在十五歳。もともとは、ザフト軍に所属していたらしいけど、この軍自体が出来てまだまもない軍隊なの。アタシが生まれたころには、イライジャはプラントで学生かなにかだったはずだわ。

そんなイライジャが、いかに美男子だからといって、ナチュラルの傭兵《ようへい》であるお母さんと、恋愛《れんあい》関係になれるチャンスは、ほとんどなかったと思うの。

アタシの推理、間違《まちが》ってないよね？

最後のメンバーは、リード・ウェラー。

個人的には、もっとも父親であって欲しくない人物。

お酒で問題を起こして、連合をやめさせられて、そのまま傭兵になったという経歴も問題ありだし、未《いま》だに毎日のようにお酒を飲んでいて、いつもお酒のニオイをプンプンさせているのもイヤ。

それに、アタシの名前を「かざはな」ではなく、「かざっぱな」と呼ぶのも気に入らない。

一度、本人に「やめてくれ」と言ったら、「親しみを込《こ》めてるんだよ」と言い返されてしまった。でも、どんなに親しみが込められていても、本人が嫌《いや》がる呼び方をするのは失礼だと思うの。

リードには、他《ほか》にも嫌《きら》いなところがある。それは、その外見。まるで酒樽《さかだる》のようなズングリした体型なのよ。彼が父親だとしたら、アタシはお母さんの美的センスを疑っちゃう。

もちろん、リードだって人間としては悪くないわ。

傭兵としても有能で、情報収集の能力では、たぶん世界一（お母さんが、そう言っているのを聞いたことがあるもの）。

それに、外見で人を判断するのは間違っている。アタシだって、自分を外見で判断されたくない。

「アタシは、外見は小さい女の子かもしれないけど、あなたたちよりずっと頭がいいのよ！」と、時々言ってやりたくなる大人がいかに多いことか。

ただし、それは一般論《いっぱんろん》であって、自分の父親を選ぶ基準としては、多少なりとも外見を重視しても許されるのではないかしら。

だって、自分の父親なのよ、かっこいい方が良《い》いに決まっているじゃない。父親が、かっこ悪かったら、娘《むすめ》の成長にどんな悪影響《あくえいきょう》を与《あた》えることか……もしかして、お母さんは、それが心配で父のことを秘密にしてるのかしら……？

×　　×　　×

アタシは、物心ついた時には、お母さんと一緒《いっしょ》に戦場にいた。

今、世界を揺《ゆ》るがしている地球連合とプラントの戦争。この戦いは、開戦してから一年ぐらいしか経《た》っていない。でも、そのずっと前から、世界中ではいたるところで戦いが繰《く》り広げられていて、優秀な傭兵であるお母さんが、仕事にあぶれることなんてなかったのよ。

お母さんが、なんで傭兵になったのか、アタシは知らない。

一度聞いてみたことがあるけど、お母さんの答えは、

「お母さんが、傭兵だと、風花はイヤ？」

というものだった。

質問に質問で返すのは、卑怯《ひきょう》だと思うけど、そのころアタシは、今よりもっと子供だったから、素直《すなお》に答えちゃった。

「イヤじゃないよ」

アタシの答えにお母さんは、嬉《うれ》しそうな笑顔《えがお》を向けると、

「わたしも、この仕事が好きよ。だから続けてるの。風花が、お母さんの仕事が嫌いじゃなくてよかった」

と言って温かな頬《ほお》をすり寄せてくれた。

そんな風な話の流れになってしまうと、もうしつこく理由を聞き出すことは出来ない。

それで、未だに理由は聞けずにいる。

ただ、別の時に、こんな話をしたことがある。

それはアタシの素朴《そぼく》な質問に対する答えだった。

「お母さん、なんで、お母さんたち傭兵はとっても強いの？」

その問いにお母さんは、ニッコリ微笑《ほほえ》んで答えた。

「傭兵はね、自分の好きなモノのためだけに戦ってるの。ある人は、自分の大切なモノを守るために。別の人は、自分の考えを貫《つらぬ》くために。他人に強制されたわけじゃなくね。だから傭兵は強いのよ」

アタシには、その時、お母さんの話がよく理解出来なかった。

普通《ふつう》の軍隊の兵士だって、守るモノや考えがあって、戦っているのだろうに。そのことを聞いてみると、お母さんは「今に分かるわ」とだけ答えた。

きっと、お母さんも、守りたいモノや貫きたい考えがあって、傭兵を続けているということなんだ。

お母さんが、傭兵という普通ではない職業についていると、自然とアタシを取り巻く環《かん》境《きょう》も、普通とは違《ちが》ったものになる。

まず、アタシの周りに子供がいない。

物心が付いてから一度も、アタシは、同世代の人間を見たことがない。

まあ、同世代の人間と会いたいとも思わないけど。他の大人たちが、アタシに対する態度を見れば、同世代の子供がいかにバカ扱《あつか》いされているのかが分かる。

もし、子供というモノがそんな扱いを受けるのに相応《ふさわ》しい愚《おろ》かさなのだとしたら、とてもつき合いきれない。

お母さんは、大抵《たいてい》、どんな時でもアタシを自分の側《そば》に置いておいてくれる。さすがに戦場まで連れて行ってくれることはないけど、直接戦闘《せんとう》にならないような場所には、一緒に行ける。

最初のころは、お母さんがアタシを連れ歩くことを快く思わない人も多かったらしい。「子供のためにならない」というのが、その理由。

そういう主張をする人たちは、アタシのことを見ると決まって「かわいそうだ」と言う。かわいそう。

アタシの大っ嫌《きら》いな言葉。きっとこれを軽々しく口にする人間は、言われた相手がどんな思いをするのか考えたことがないんだ。

「かわいそう」という言葉には、「不幸」という意味が含《ふく》まれている。「おまえは、不幸なのだ」と言われて、喜ぶ人間なんていない。

だから、アタシに対して「かわいそう」という人間には、必ずこう言い返してやることにしてる。

「ご同情ありがとうございます。でも、アタシは、今の生活に満足しています。どうかお構いなく」

アタシとしては、立派な対応をして、相手の鼻をあかしてやるつもりで言っているのだけど、たまに「やっぱり、子供のためになっていない」と、怒《おこ》り出す人もいる。

どうやら、その人にとって「子供によいこと」とは、「子供が子供らしくバカでいられる」ことを言うらしい。

×　　×　　×

サーペントテールのメンバーは、いつも全員が同じように行動している訳じゃない。

人数が必要な時は集まるけど、一人で出来るような任務の時には、ワザワザ仲間を呼んだりしない。

つい先日も、メンバーはバラバラでそれぞれの任務にあたっていた。

お母さんは、オフ。

リードは、イライジャの仕事のサポート。

劾は、地球連合から仕事を受け、イライジャはザフト軍から仕事を受けていたらしいの。

詳《くわ》しい任務の内容までは、アタシには教えてくれないけど、そのくらいのことは、一緒《いっしょ》にいればだいたい分かる。

ってきたの。

ところが、別々の任務にあたっていたはずの劾とイライジャは、一緒に任務を終えて戻《もど》ってきたの。

偶然《ぐうぜん》、任務の途中《とちゅう》で一緒になったらしいのだけど。

戻ってきた二人を見て、一番驚《おどろ》いたのは、イライジャのジンが、変わっていたこと。

頭に大きなバスターソードを付けたその基本スタイルは変わっていないけど、なぜか装《そう》甲《こう》の各部が赤い塗装《とそう》になっている。しかも、左右非対称《ひたいしょう》で、どんな法則でそんな風に塗《ぬ》り替《か》えたのか、見当も付かない。

「どうしたの、これ？」

アタシの問いかけにイライジャは、軽く微笑《ほほえ》む。

「任務の途中で、やられてね。それを友人の機体からパーツをもらって修理したのさ」

どうやら、イライジャの友人というのが、赤いジンに乗っていて、そのパーツを使って修理したために、ところどころ赤くなってしまったらしい。それならそれで、赤い部分を塗り直せばいいのに。まあ、イライジャがそれでいいのなら、アタシがとやかく言うような問題じゃないけど。

それにしても、イライジャに友人がいたとは初耳だった。

アタシたちに秘密で、いつそんな友人を作ったのだろう。

「その友人って、どんな人？」

イライジャは、アタシの方を見ると、すこし困った顔をした。

「音楽が好きな、いいヤツだよ」

アタシも音楽は好きだ。お母さんと一緒に生活していると、なかなかミュージック・ディスクを手に入れる機会はないけど、すこしだけ持っているディスクは、壊《こわ》れちゃうんじゃないかと思えるほど何度も聴《き》いている。

「そう……音楽好きの人なら、きっといい人ね」

「ああ」

イライジャは、それまでに見たこともないような明るい笑顔《えがお》で頷《うなず》いた。

根暗《ねくら》（ごめんね、でも事実だからしかたないよね）のイライジャにそんな笑顔をさせるなんて、本当にいい人なのだろう。ぜひ、アタシも友達になりたい。うまくいけば、その人から、たくさんミュージック・ディスクを借りることが出来るかもしれないし。

「その人、今度、アタシにも紹介《しょうかい》して」

「…………」

イライジャは、それまでの笑顔がウソだったかのように突然《とつぜん》困った顔をして、そのまま黙《だま》り込んでしまった。

アタシは、それ以上、イライジャに話しかけることが出来なかった。

いったい、アタシの言った何が彼を困らせることになったのか見当もつかない。さっきまで、あんなに友達の自慢《じまん》をしていたというのに……。

二人の間に重い沈黙《ちんもく》が流れる。

それを打ち消したのは、突然現れたリードだった。

「よう、かざっぱな！」

いつもは、呼ばれたくないその呼び方も、この重い雰囲気《ふんいき》を打ち破ってくれるのなら、大歓迎《だいかんげい》だった。

「なにか用？　リード」

「用があるのは、イライジャさ。新しい仕事だ。ひさびさにメンバー全員参加だ」

リードは、イライジャにそう告げた後、思い出したようにアタシの方を向くと続けた。

「今度のは戦闘《せんとう》じゃないし、時間もかかる任務だから、かざっぱな、おまえも一緒に連れていくって、ロレッタが言ってたぜ」

「ほんと！」

アタシは、素直《すなお》に喜んでいた。

自分が、必要とされて連れて行って貰《もら》える訳ではないのは分かっている。でも、みんなと一緒《いっしょ》にいれば、いつか役に立つ仕事が出来る可能性だってあるはず！

この時は、その考えが現実のものとなってくれればいい。と密《ひそ》かに願っていた。

でも、それが、いざ現実のことになってみると……。

×　×　×

次の日、アタシとサーペントテールのメンバーは、デブリ帯に来ていた。

デブリ帯とは、地球の重力に引かれた宇宙のゴミがベルト上に集まった所。ゴミの中にはすごい速度で移動しているモノもあって、そんなのに間違《まちが》って当たったりすれば、宇宙船なんて粉々になってしまう。

それとここでは、地球の重力の影響《えいきょう》もかなりある。艦船《かんせん》やモビルスーツの操縦にも、熟練した技術が必要になる。

そんな危険な場所だからこそ、こういった所での仕事は、フリーの傭兵《ようへい》に依頼《いらい》が来ることが多い。

アタシは、今回の任務が、どんなものなのか詳《くわ》しくは知らない。

イライジャからこっそり聞いた話では、他《ほか》の傭兵と合同でデブリ帯にあるなにかを回収する仕事らしい。それが本当だとすれば、事故に十分気を付けてさえいれば、戦闘などと違い命に関《かか》わるような事態にはならない。

傭兵といっても、戦闘とは関係ないものが仕事の半分ぐらいある。こういった仕事も、戦闘も、共通しているのは危険であるということ。

傭兵という仕事は、危険の回収業なのかもしれない。

デブリ帯の中の指定の場所に到着《とうちゃく》した時、予想もしていなかった事態が起こった。

もちろん、予想していなかったのは、アタシだけで、メンバーのみんなはある程度予測していたのかもしれないけど。


ガガガガガッン！


船体が激しく揺《ゆ》れる。

アタシたちの船は、隠《かく》れていた敵の襲撃《しゅうげき》を受けていた。

その時、アタシを含《ふく》めメンバー全員が艦橋に集まっていた。

「なんだ？」

激しく揺れる船体に翻弄《ほんろう》されながらイライジャが叫《さけ》ぶ。

叫べるだけ、イライジャはすごい。アタシなんて、手近なものに摑《つか》まって尻餅《しりもち》をついていた。口なんて開いたら、その瞬間《しゅんかん》に舌をかみ切ってしまいそう。

イライジャの問いに即座《そくざ》にお母さんが答える。

「機雷《きらい》よ。完全にわたしたちが、ここに来るのを知っててしかけたモノね」

お母さんは、すでに態勢を整えて、船のコントロール装置を操作している。

それが、この部隊でのお母さんの仕事だとは分かっていても、よく落ち着いていられるものだと感心する。と同時に、ちょっと自慢《じまん》にも思う。

「オレたちがここに来るのを知っているのは、一緒に仕事を受けた傭兵だけだ。だとすると……」

リードの口調も落ち着いているけど、揺れる船体に太った体を翻弄されていて、なんだか滑稽《こっけい》に見える。

ぜったい、この人はお父さんじゃない。

「……この任務自体が、ワナだったようだな」

メンバーの中で一番最後に、劾が口を開く。すべての状況《じょうきょう》を把握《はあく》するまで待っていたようだ。

それにしても、傭兵仲間の裏切りに遭《あ》うなんて。アタシには、なんだか信じられなかった。だって、傭兵こそが、一番、サーペントテールの強さを知っているはずなのだから。

でも、実際に裏切りは行われたのだと思う。だって、アタシは劾が憶測《おくそく》でものをいうのを見たことがない。彼が、そう言うのなら、それ以外にない。

「船体がもたないわ。すぐに脱出《だっしゅつ》しないと！」

お母さんの目が、揺れる船体の中で必死にパネルの数値を読み取る。

「あと、八分ってとこよ」

その言葉を聞くなり、全員が一斉《いっせい》に行動を起こしていた。

船のコントロール装置を離《はな》れたお母さんが、アタシの方に飛んでくる。

そのままアタシを抱《だ》きかかえて、お母さんが進む。

無重力空間では、歩くことは出来ない。床《ゆか》や壁《かべ》を蹴《け》って、その反動で進むのが一番速い。理屈《りくつ》は簡単でも、実際にすばやく的確に移動するのは難しい。特に今のように船体が激しく揺れている状態では、なおさらのはず。

それでも、全員が、きっかり二分で格納庫に到着していた。

だれも指示しなくても、全員が自分のすべき仕事を理解している。

全員がすぐにノーマルスーツを着る。アタシも、子供用の特注のノーマルスーツを着込む。透明《とうめい》なヘルメットを被《かぶ》る時だけ、ちょっと手間取ってお母さんの手を借りてしまった。

ノーマルスーツを着ると、イライジャは自分のジンに乗り込み、劾は、ブルーフレームに乗る。

アタシを抱きかかえたお母さんとリードが、脱出用のライフ・ポットに乗り込もうとする。

でも、ポットの入り口でお母さんが躊躇《ちゅうちょ》した。

そのまま劾の方を向く。

「劾、お願いがあるの！」

ブルーフレームを発進させようとしていた劾が、すぐに頷《うなず》く。

「わかった、風花をこっちへ！」

「ありがとう！」

お母さんとアタシは、劾の方へ向かって飛ぶ。リードが、お母さんの足を押して加速してくれる。

アタシには、なにがなんだか分からない。ただ、お母さんと別れて行動することになるのだけはわかった。

「どうしたの？　なんで？　お母さん！」

アタシは、不安を素直《すなお》に口にしていた。本当なら、自分の頭で考えてみるべきなのだろうが、この状況では、そこまで頭がまわらない。

「あなたは、劾のブルーフレームで脱出しなさい。あなたなら小さいから、劾と一緒《いっしょ》にコクピットに乗れるはずよ」

劾と、一緒にモビルスーツに乗れる！

普段《ふだん》なら、それはアタシを喜ばせるのに十分な言葉だっただろう。でも、今は、不思議と喜びなんて浮《う》かんでこない。あるのは、ただ不安だけ。

自然と体に震《ふる》えが走る。止まらない！

お母さんも、それに気づいたのか、アタシを抱きかかえた手に力を込《こ》める。お母さんにギュッと抱きかかえられ、すこし震えが収まる。

「風花、よく聞きなさい。おそらく敵がとどめをさすためにもう一度攻撃《こうげき》してくるはずよ。お母さんたちとライフ・ポットにいるより、劾と一緒にいる方が生き残れる確率は高いわ。どんなことがあっても生き残りなさい」

「お母さんは……？」

アタシの声が、とぎれとぎれになっている。その時になって、はじめて自分が泣いていることに気づいた。

「大丈夫《だいじょうぶ》。泣かないで。お母さんたちだって死んだりしない。きっと劾やイライジャが敵を倒《たお》して助けにきてくれるから」

アタシは、真剣《しんけん》な眼差《まなざ》しを向けるお母さんの顔をじっと見つめた。

永遠と思える時間が流れた後、アタシは劾の手の中に渡《わた》されていた。

「劾、頼《たの》むわね」

「ああ」

劾の返事は、そっけないものだった。でも、お母さんは満足そうに頷いて、ライフ・ポットの方へ戻《もど》っていった。

傭兵《ようへい》部隊サーペントテールのリーダー叢雲劾の一言は、百万の言葉より価値があるのだ。

彼がやるといったら、それは絶対に守られる。

「モビルスーツは、はじめてだったな」

劾の言葉に、アタシは無言で頷いた。

劾は、簡単にコクピット内で、どうしていたらいいかを説明した。

無闇《むやみ》に動かないこと。

劾のベルトを全力で摑《つか》んでいること。

口を開かないこと。

吐《は》き気がした時には、けっして我慢《がまん》して飲み込まないこと（窒息《ちっそく》してしまう危険があるらしい。ヘルメットの中には、ワザワザ吐いたモノを吸い込む装置が付いていた）。

アタシは、説明に一つ一つ頷きながら、絶対にゲロだけは吐かないでおこうと心に誓《ちか》っていた。たとえ吐いても、劾は怒《おこ》らないだろうが、アタシのプライドがそれを許さない。

「よし、行くぞ」

静かに劾とアタシを乗せたブルーフレームが、動き出した。

×　　×　　×

宇宙空間に出ると、すぐに加速感が全身を襲《おそ》う。

コクピットの前面には、大きなモニターがあって、すぐ外の風景が映し出されている。アタシは、生身のまま宇宙空間に放《ほう》り出されてしまったような錯覚《さっかく》を覚えていた。後方を映すモニターには、今まで自分が乗っていた船が映っている。

メカに詳《くわ》しくないアタシから見ても、その船がもう長くもたないのは明白だ。あっちこっちから、火を噴《ふ》いている。

船が、モニターの中で加速度的に小さくなっていく。

ブルーフレームが、爆発《ばくはつ》寸前の船から、全速力で離《はな》れようとしているんだ。

アタシは、加速に耐《た》えながら、吐き気がしないことに喜びを覚えていた。

「すごい、風花の体！」

心の中で、自分で自分を誉《ほ》めてやる。

「衝撃《しょうげき》が来るぞ！」

劾の言葉がまるで合図だったかのように、船を映し出していた後部モニターが光に包まれる。

それに続いて、ブルーフレームが激しく揺《ゆ》れる。

アタシは、頭と胃を激しく揺さぶられ、吐きたい衝動《しょうどう》にかられた。その衝動と戦いながら、自分でもバカらしいことだと思うけど、前に食べた食事の内容を必死に思い出そうとしていた。吐いてしまえば、みんな同じ。ゲロに綺麗《きれい》も汚《きたな》いもない。でも、どうせ吐くなら、みっともないモノは出したくない！

アタシが、吐き気と戦っている間、劾はブルーフレームを操作している。

無事に爆発前に船から脱出《だっしゅつ》出来たからといって、まだ安全が確保された訳じゃない。危険は、これからが本番だった。

機体に向かって、大小さまざまな破片《はへん》が飛んでくる。

その一つでも当たれば、一巻の終わり。

劾は、ブルーフレームをまるで自分の体のように動かしている。大きな破片は避《よ》け、小さな破片はシールドで払《はら》い落とす。

「どうやら、イライジャと、ロレッタたちも無事のようだ」

劾が視線を送っている先、メイン・モニターの端《はじ》っこに、緑色のマーキングが二つ。たぶん一つがイライジャのジンで、もう一つがお母さんの乗ったライフ・ポットだ。その二つが急速に近づいていく。

「ライフ・ポットは、イライジャが回収に向かってくれたようだな」

アタシの視線は、すでに違《ちが》うものに引きつけられていた。

メイン・モニターの下の方から現れた、巨大《きょだい》な青い物体。

地球。

ここは、すでに地球の引力が強く働く場所なんだと、嫌《いや》が上でも感じさせられる、圧倒《あっとう》的な存在感。

ブルーフレームのコクピットの中にいても、眼下の巨大な地球に自分が引き寄せられていくみたいに感じる。

これが人類の生まれた星。

よく地球をお母さんにたとえる人がいるけど、アタシには、もっと恐《おそ》ろしいものに思えた。アタシのお母さんも怖《こわ》いときがあるけど、それよりずっと怖い……。

「敵だ」

劾の発した言葉は静かだった。とてもその言葉の意味する内容に相応《ふさわ》しいとは思えないほど。

モニターの中に赤い点が一つ現れる。

「さてと……まずは」

劾が通信装置を操作する。

デブリ帯のような障害物が多いところでは、通信はうまく働かない。でも、この場合は距離《きょり》が近いためか、かなりクリアに相手と交信することが出来た。

「よう、さすがだなサーペントテールのダンナ。あんたのような人が傭兵《ようへい》仲間にいてくれると、こっちまで鼻が高いってもんだ……もっとも、今日でそれも終わりだけどな。へへ

「へっ」

劾の予想通り、敵も傭兵だった。

「なんの目的で、こんなことをしたのか聞いておこうか」

劾の口調は、あいかわらず冷静そのものだった。

「ずいぶん、余裕《よゆう》だな！　下っ端《ぱ》傭兵相手なら、勝てるとでも思ってんのか！」

敵の口調が激しい。船を破壊《はかい》したのにもかかわらず、冷静な劾に相手はいらだっている。

なんと単純なヤツなんだろう。自分のような子供にまで感情の変化を見抜《みぬ》かれるなんて。

「いいだろう、教えてやるよ。劾、おまえさんが居たんじゃ、こっちは商売あがったりなんだよ。もう十分稼《かせ》いだだろ？　そろそろ長期休暇《きゅうか》をとってもいいんじゃないか？」

「それは、余計なお節介《せっかい》というものだ」

「確かにな。でも、イヤだとは言わせないぜ！」

「このまま戦って勝てるとでも思ってるのか？」

「もちろん、思ってないさ。でもな、勝てるようにあんたの方でしてくれるさ」

相手の傭兵の声にからかうようなニュアンスが含《ふく》まれている。アタシが、もっとも嫌いなタイプの声だ。相手が自分より不利な立場にいる時にだけ使う声。

いったい、何度、アタシはこの手の声を聞かされたか……。

「どうやって？」

「簡単さ。オレは、あんたには勝てないかもしれないが、あんたの仲間になら勝てるぜ。武装してないライフ・ポットと、それを守るジン。楽勝だ。そこであんたに相談だ。ヤツラは見逃《みのが》してやる。そのかわり、あんたには武器を捨ててもらう！」

敵は、人質《ひとじち》をとるつもりなのだ。なんて卑怯《ひきょう》なの！

「武器を捨てたオレをなぶり殺しにする訳か？」

「そうさ。それなら、オレだって勝てる。あんたが居なくなれば、残りの連中が生き残っていたとしても、サーペントテールは自然に崩壊《ほうかい》する。そして、オレにも美味《おい》しい仕事が、どんどん回ってくるって訳だ」

「おまえの提案にオレが乗ると思うのか？」

「さあな。ただ、こっちも命がけでやってるんだ。あんたが乗らないというのなら、仲間だけは、キッチリ道連れにしてやる」

もし、劾が敵の提案に乗らなかったら、お母さんたちは死ぬ。そして、アタシと劾だけが生き残る……お母さんは、それを予測してアタシを劾に預けたの？

「……武器を捨てればいいのか？」

「よく分かってるな。ただし、モビルスーツのビームライフルを捨てるぐらいじゃだめだぜ」

「では、どうしろと？」

「モビルスーツってヤツは、それ自体が兵器なんだ」

「オレにブルーフレームを降りろというのか？」

「当然の要求だと思うけどな」

だめよ、劾！

そう叫《さけ》ぼうとした途端《とたん》、劾が目の前に手を差し出し、ヘルメットの上からアタシの口を塞《ふさ》いだ。

「いいだろう。望みどおりにしてやる」

「素直《すなお》だな。まっ、他《ほか》に選択《せんたく》の余地はないがな。ハハハハハっ」

劾は、勝ち誇《ほこ》る敵の笑い声をうち消すように、通信機を切った。

そして、アタシの方を見る。

「風花、オレはこれから、外に出る」

「……そんな」

「大丈夫《だいじょうぶ》だ。ここにおまえが乗っていることをヤツは知らない。おまえに一つ仕事をしてもらおう」

「えっ？」

それは、ずっとアタシが望んでいたことだった。サーペントテールのために働くのだ。思いもかけない所で、その夢が叶《かな》うなんて。

「敵の望みはオレの死だ。ヤツは、ブルーフレームを降りたオレを放置するだけで、その望みを叶えることが出来る」

アタシは、大きく頷《うなず》いた。ここでは地球の重力が働いている。ゆっくりと劾は、地球に引き寄せられて、そのまま大気圏《けん》に落ちてしまう。もちろん、その前に酸素がなくなることもあるかもしれない。どちらにしろ、放《ほう》っておけば劾は死ぬ。

「だが、そうはならない。ヤツは、じっとオレが死ぬのを待つなんてことは出来ないはずだ。絶対に近づいて来て、とどめをさそうとする。そこを攻撃《こうげき》するんだ」

「攻撃？　どうやって」

「ブルーフレームを使う」

最初は、劾の言っている意味が理解出来なかった。だって、劾はブルーフレームから降りるのだ。その劾が、どうやって敵を攻撃するのか？　それが自分の役目だと気づいた瞬《しゅん》間《かん》、アタシは目眩《めまい》がするのを感じた。アタシがモビルスーツで敵を攻撃する!?

ずっとサーペントテールの正式なメンバーになりたいと夢見てきた。モビルスーツを操縦して敵を倒《たお》すのを想像してみたこともある。

でも……いきなりブルーフレームで敵を攻撃しろなんて、あまりにも飛躍《ひやく》しすぎている。

「おまえなら、出来る。だから頼《たの》んでいるんだ」

アタシを見る劾の目は、真剣《しんけん》そのものだ。そこには、不安の色はない。劾は、本当にアタシを信じて、まかせてくれようとしているんだ。

「わかった。がんばってみる」

アタシは頷いていた。

「がんばる必要なんてない。いつもの自分の実力を出せ。それでいい」

「……うん」

自分でも、ビックリするぐらい落ち着いていた。

勍が信じてくれるんだ、うまく行かないはずはない。

「それじゃ、作戦を説明するぞ」

×　×　×

アタシの目の前に広がる光景をなんと説明したらいいのだろう。

勍は、ブルーフレームのコクピットを出て、目の前の空間をただよっている。

コクピット・ハッチは開け放たれたままになっている。人が乗っていないはずのコクピットを閉めるのは不自然だからしかたない。

アタシは、ブルーのシートの上にかがんでいた。ちょっと格好悪いけど、普通《ふつう》に腰掛《こしか》けてしまうと照準用のスコープに顔がとどかないので仕方ない。

劾がブルーフレームから離《はな》れると、ほとんど同時に、敵も動き出していた。

近づくにつれて、そのシルエットがはっきりととらえられる。

ジンと呼ばれるプラント製のモビルスーツは、ほとんどの場合ジンだ。

宇宙で見かけるモビルスーツは、ほとんどの場合ジンだ。イライジャも、このジンを愛用している（もっともイライジャの機体は改造を加えられて、外見が多少かわっている）。

そのイライジャのジンは、アタシたちを遠くから見守っている。

腕《うで》には、お母さんとリードを乗せたライフ・ポットを抱《だ》きかかえている。

ブルーの位置がどんどん移動していた。

地球の引力に引かれて、勝手に動いている。

コクピット内では、静かに、断続的にそのことを警告するブザーが鳴っている。かなり危険な状態なのかもしれない。でも、その音はどこか遠くで聞こえているようで、現実感がない。今のアタシには、どうすることも出来ないし、他《ほか》に集中しなくてはならないことがありすぎる。

敵は、どんどん近づいてくる。

開け放たれたコクピットの中に、敵が注目したら、きっとシートの上にいるアタシに気づいただろう。しかし、敵は、何もない空間にただよっている劾の方に気を取られている。

そう、敵にとっては、何も武器を持たず、ただ空間にただよっているだけの劾の方が脅《きょう》威《い》なんだ。

目にあてたスコープの中を敵が進む。

劾の予測したとおりのルートだ。

アタシは、ナチュラルだ。コーディネイターじゃない。

女の子だし、小さな子供だ。

でも、劾は「出来る」と言った。

だとしたら、必ず出来るはずだ。


「来た！」

その瞬間《しゅんかん》は、意外なほどあっけなくやって来た。

「スコープのこの位置に敵が来たら引き金を引け」

劾がそう指示した位置だ。これがテレビや映画なら、きっと盛り上がる音楽や、効果音が入ったに違《ちが》いない。でも、現実の世界にそんなものはない。

これは、夢でも想像でもない、本当の戦い。

アタシが、引き金を引くと、静かにブルーフレームの腕がビームライフルを構え、ビームを発射する。

「目をつむってから、引き金を引けよ」

効には、そう言われていたのに、アタシは目をつむらなかった。自分のやったことを見なくてはいけない。そう思ったからだ。

開け放たれたコクピットの前を一条の光が走る。

なんの音もなく走る。

そのまま、敵が存在していた空間を射抜《いぬ》く。

そこまで見て、アタシは目をつむった。つむっても、アタシが撃《う》ったビームの閃光《せんこう》が暗《くら》闇《やみ》の中にチカチカと見える。

敵は、きっとなにが起きたのか理解する間もなかったんじゃないかな?

ましてや、アタシのような小さい女の子にやられたなんて、想像すらしてないと思う。

「さようなら、おバカな傭兵《ようへい》さん」

お母さんが前に言っていたことがある。傭兵が生き残るために、最初に覚えなきゃならないルール。それは、勝てる戦いしかしないこと。

あなたは、もっとも基本的なこのルールを守らなかった。

サーペントテールは、絶対に敵にしてはいけない存在なのよ。

×　×　×

チカチカと焼き付いていたビーム痕《こん》が、溶《と》けるように消えてから、アタシはゆっくりと目を開いた。

モニターを確認《かくにん》すると、イライジャのジンが近づいて来ていた。

その手には、劾が乗っている。

アタシが、目をつぶっている間に、イライジャが劾を助け出してくれたらしい。

時計を確認すると、劾がブルーフレームを降りてから、五分ほどしか経《た》ってなかった。

信じられない。アタシには、永遠とも思える時間が流れていたのに。

たった五分で、ブルーフレームは、かなり地球の引力に引かれていた。

大気圏《けん》に達するほどではないので、摩擦《まさつ》熱はまだないけど、このまま放《ほう》っておけばすぐに熱くなってくる。もちろん、そんなことを試《ため》してみるつもりはないけど。

ジンの手から、劾が、ブルーフレームのコクピットに乗り移る。

劾は、シートに座ると、すぐにブルーフレームを操作して大気圏から離《はな》れていく。

アタシは、黙々《もくもく》と操作する劾に声をかけた。

どうしても聞いてみたいことがある。

「劾……」

「なんだ?」

劾の声は、落ち着いていて、まるで何事もなかったかのようだ。

「なんで、アタシにこんな重要な任務を任せたの？」

「出来ると分かっていたからな」

「だって、アタシは、ナチュラルだし、女の子だし、子供だよ。……アタシがロレッタの娘《むすめ》だから？　だから出来ると思ったの？」

劾は、しばらく黙《だま》っていたが、やがて口を開いた。

「オレがおまえという人間を見るのに親は関係ない。二人は別の人間だ」

「じゃあ、どうして……」

「オレは、おまえが風花だから任せたんだ」

「アタシだから？」

「おまえは、自分がどれほど、弱いかを知っている。けっして背伸《せの》びしない。自分を過信している者や、無謀《むぼう》な行動に出る者だったら、オレはなにも任せられなかっただろう。だが、おまえは、自分自身をよく知っている。そして、オレはそんなおまえだからこそ、必ず出来ると分かっていた」

劾の言葉が、アタシの心に響《ひび》く。

劾は、アタシのことをナチュラルだとか、女の子だとか、子供だとか、そんな一般《いっぱん》的な括《くく》り方では見ていないんだ。アタシを、風花・アジャーを風花・アジャーとして見てくれている。

その瞬間にアタシは、自分がずっと勘違《かんちが》いしていたことに気が付いた。

アタシの夢。ずっとサーペントテールのメンバーになりたいと思っていた夢。でも、それは、違っていた。ずっとサーペントテールのメンバーになれれば、自分の能力を認めてもらえたことになると思っていた。サーペントテールのメンバーになれれば、認めてもらう必要はなかったんだ。だれかにアタシ自身を、ありのままのアタシを認めてもらえれば……。そう、アタシ自身を、一人の人間、風花・アジャーとして。

その夢は、最初からかなっていた。劾は、ずっとアタシを一人の人間として見ていてくれた。アタシ自身がそれに気づいていなかっただけ。

アタシには、ハンデがある。

でも、それも全部アタシ。

良いことも悪いこともすべてそろって、はじめてアタシという人間なんだ。

ブルーフレームは、もう地球の引力からは、解き放たれていた。

アタシの心も、すべての重荷を取り除かれたように晴れやかだった。

眼下では、さっきまで恐《おそ》ろしい重力をふるっていた地球が、まるでアタシを祝福するようにキラキラと輝《かがや》いていた。

MISSION 04

密林《アマゾン》の戦い

——ジョージ・グレン。

彼が、六十年以上前、自分が自然に生まれたのではなく、優秀《ゆうしゅう》な遺伝子を組み込んで作られた人間であることを明かしてから、コーディネイターの歴史は始まる。

法律的、倫理《りんり》的な問題をはらみながらも、技術的な問題を持たなかったコーディネイターの制作は、その後、徐々《じょじょ》にではあるが彼らを増やしていくことになる。

コーディネイターは、すぐれた身体能力を有するだけでなく、病気や対ウイルスなどの生死に関係するところまで自然《ナチュラル》の人間とは違《ちが》っていた。つまり、コーディネイターは、死ににくかったのだ。

現に、十七年前に世界中で猛威《もうい》をふるったS2型インフルエンザは、ナチュラルにとっては絶対的な死病であったのに対し、コーディネイターにとっては、まったく無害な存在だった。

超人《ちょうじん》的な能力を有し、死ににくい。

そこにまず飛びついたのは、支配階級の人間だった。

彼らは、こぞって自分たちの子孫をコーディネイターにした。むろん、法律的、倫理的な問題を有する国もあったが、彼らにとって法律とは、自分たちの都合で変えられるものであり、また、倫理も民衆の感情をコントロール出来る彼らにとって無視出来る存在であった。

コーディネイターを作り出すには、高額な費用も必要だったが、これも権力者にとってはなんの障害にもならない要素だった。むしろそれは、一般《いっぱん》大衆からコーディネイターを生むことへの大きな障害になった。

しかし、ファースト・コーディネイターであるジョージ・グレンが、木星探査から戻《もど》ってくると状況《じょうきょう》は一変する。コーディネイターの能力の評価はますます高まり、自分の子供をコーディネイターにしたいと思う人間の数が急増したのだ。世に言う〝コーディネイター・ブーム〟だ。

需要《じゅよう》の高まりは、技術のコスト・ダウンを促《うなが》し、さらなる加速を呼び起こす。こうして、コーディネイターは、一部の特権階級のものだけではなくなる。

高い知性とモラルを持つコーディネイターの世界では、基本的に差別というものが存在しない。

しかしながら、支配階級から生まれたコーディネイターの中には、ごく一部ながら、自分が『選ばれた人間』だと考える者がいた。それは、統治の分野においてもコーディネイターが高い能力を有しているという事実よりも、彼らが幼少期に受けた『古い支配階級を絶対視する教育』が、おもな原因だと言える。

フランツ・リアフォード。彼は、そうした選民思想を持つコーディネイターの代表的な人物だった。

彼のコーディネイターらしからぬ太った体は、明らかな運動不足の証拠《しょうこ》であり、どんよりと濁《にご》った目は、彼が健全な精神を有していないことを証明していた。唯一《ゆいいつ》、口ヒゲだけは丁寧《ていねい》に整えられており、「シャキッ」とした印象を与《あた》えている。

早い段階で支配階級から生まれた彼は、年齢《ねんれい》は五十歳を越《こ》えていた。コーディネイターとしては、かなりの高齢《こうれい》だ。彼は、年齢の点からも、自分が支配者になるに相応《ふさわ》しい存在だと自負していた。

だが、現実の彼は、世界の支配者どころか、コーディネイターの国であるプラントの中でも政治的な仕事には就《つ》いていなかった。

現在も。過去においても。ただの一度もだ。

プラントの政治は、最高評議会の十二人のメンバーによって運営されている。評議会委員は、各分野での優秀者が集まっており、実績も実力もないフランツは、このメンバーに選ばれる理由がなかった。

「若造どもめ、偉大《いだい》なる家柄《いえがら》を軽《かろ》んじおって！」

フランツは、実績よりも、家柄を優先すべきだと常々主張していた。しかし、それが聞き入れられることはなかった。コーディネイターは、基本的に能力重視主義者の集団であり、彼らは階級が付き物である軍隊ですら、それを設けていなかった（指揮系統を成立させるため、隊長などの指揮リーダーは、存在する）。

フランツの主張は、「能力を重視せず他《ほか》の要素（平たく言えば家柄）を重視する」というものであり、この段階で、「優秀だからという理由でコーディネイターが人類を支配すべき」という考えと矛盾《むじゅん》していたが、彼にとって重要なのは『自分による支配』であり、彼に言わせれば「それを達成するための理論は理屈《りくつ》に関係なく正しく、それ以外の理論はただ単に間違っているだけ」なのだ。

フランツは、開戦と同時にザフト軍に志願した。戦いの時代にあっては、そこがもっとも実績を作りやすい場所だと思ったからだ。だが、いざ戦闘《せんとう》に参加してみると、彼は恐怖《きょうふ》に縮み上がってしまう。

戦場とは、家柄に関係なく、平等に死がもたらされる場所だと気づいてしまったからだ。

フランツの家に伝わる伝説では、彼の家系の人間は『戦場で弾《たま》が避《よ》けて通る、戦いの女《め》神《がみ》に祝福されし一族《たみ》』とされている。だが、実際に目の前を砲弾《ほうだん》がかすめるのを見ると、とても伝説だけを頼りにする訳にはいかない。

彼は、祖先から受け継《つ》いだ政治手腕《しゆわん》（賄賂《ワイロ》、恐喝《きようかつ》、陰謀《いんぼう》などアンダーグランドのテクニック）を駆使《くし》し、なんとか死なないですむ戦場を見つけ出し、逃《に》げ込んだ。

それは、南アメリカ大陸、アマゾンに駐留《ちゆうりゆう》する部隊だった。

——アマゾン。

深い緑に覆《おお》われ、文明を拒絶《きよぜつ》する世界。それと同時に幾重《いくえ》にも重なるように生《お》い茂《しげ》る大量の木々は、地球上の生物が生きていくのに必要な酸素の大部分を生産する工場でもあった。アマゾンは、すべての人々、そして生物にとって、なくてはならない場所なのだ。

そのため、人類が二分して戦いを繰《く》り広げるこの時代にあっても、ここでの戦闘行為《せんとうこうい》は厳しく制限を受けていた。

地球連合はもちろん、ザフト軍でさえもが、この地域での戦闘行為を自粛《じしゆく》し、お互《たが》いに小規模の監視《かんし》部隊を配置するのみに止《とど》まっていたのだ。

この戦闘が起こるはずのない部隊に、フランツは自らを置いた。

これで命が危険にさらされる心配はなくなった。だがそれは同時に実績を作るチャンスが無くなったことをも意味していた。監視部隊の中では、隊長という立場を手にしていたが、そんな地位ではとても満足出来るモノではない。

「なんとか、ならないのか！」

フランツの理不尽《りふじん》な叫《さけ》びは、なぜか、しっかりと天に届いた。やがて、彼のところに一人の情報屋が現れる。

「フランツ様をお救いする情報をお持ちしました。あなた様は、こんなところに居るべきお方ではありません」

鋭《するど》い目つきが印象深い男だった。髪型《かみがた》は両脇《りょうわき》がとがっており変わっている。普通《ふつう》の人間なら、この男に対して、警戒心《けいかいしん》を持つだろう。しかし、男の言葉は、フランツの自尊心を大いに満足させた。この男はナチュラルだが、その言葉遣《づか》いにはフランツへの尊敬が感じられる。それは、彼が理想とするナチュラルの姿勢に合致《がっち》していた。

「話だけは聞こうか」

「この情報があれば、クライン議長も終わりです。そうなれば、あなたが最高評議会議長になることも夢ではないでしょう」

それはかなり魅力《みりょく》的な話だった。フランツは、意識せずに身を乗り出している。

「つづけろ」

「アマゾンの中にある村があります。その村は明らかにプラントの意思に反して作られたものです。そして、それを作ったのが、クライン議長なのです。あなた様は、アマゾンを監視する立場にある方です。この件でクライン議長を告発出来るのは、あなた様だけでございます」

「ちょっとまて、非武装監視地域の中とはいえ、村を作ったぐらいで、なぜクラインの小《こ》僧《ぞう》を失職に追い込めるのだ？」

「その村は、ナチュラルとコーディネイターが共に暮らす村なのです」

「なんだと⁉」

「村に住むコーディネイターたちは、ナチュラルと結ばれることで、コーディネイターであることを捨てようとしています」

それは、たしかに大問題だった。

ナチュラルから生まれたコーディネイターは、ナチュラルとの間に子供を作ることが可能だった。しかし、産まれてくる子供は、コーディネイターとしての能力を半分しか受け継がない。この子がさらにナチュラルと結ばれれば、さらに半分の能力の子が出来る。それを繰り返していけば、やがてナチュラルと変わらない子供が産まれる。この『ナチュラルに帰る』という考えはプラントではタブー視されている。

実は、フランツの部下にも一人、ハーフのコーディネイターがいた。フランツは、そいつのことがナチュラルより嫌《きら》いだった。

「まさかクラインが、そんなことを進めているとは……」

「摘発《てきはつ》されれば、クライン議長は確実に失職するでしょう」

「そんなにうまくいくのか？　それに、確かなのだろうなその情報は？」

「私の売る情報は、どこでも高く評価されております。ケナフ・ルキーニをご信用ください」

その情報屋は、たしかに裏社会では名の通った男だった。「ルキーニの情報は価格以上の価値がある」。裏社会に太いパイプを持つフランツは、何度かそういうウワサを耳にしたことがあった。

「いいだろう。金を払《はら》ってやる。もっと詳《くわ》しく話せ」

「摘発には、決定的な証拠《しょうこ》が必要です。そして、証拠を手に入れたら村を破壊《はかい》するのです。コーディネイターにとって危険な村ですからね、破壊すれば、あなた様は英雄《えいゆう》になれます。ただし、そのためには、あなた様が村に直接赴《おもむ》く必要がありますが……」

「アマゾンのジャングルの中に入るのか？」

フランツの表情が一瞬《いっしゅん》で曇《くも》る。彼は、アマゾンの監視部隊の隊長でありながら、一度もジャングルに入ったことがなかった。

「必要なことです。もし他《ほか》の人間にまかせたら手柄《てがら》を横取りされるでしょう。大丈夫《だいじょうぶ》です。村の人間は武器を持ちません。モビルスーツで行かれれば、抵抗《ていこう》を受けずに制圧出来るでしょう」

「そうかもしれんな。うむ、確かにそれなら簡単だ」

「ありがとうございます。フランツ様のお役に立てまして、このケナフ・ルキーニ、感激しております」

今聞いた話が本当なら、プラント最高評議会議長シーゲル・クラインを失脚《しっきゃく》させるのに十分だ。しかも、その情報をもとに行動出来るのは、フランツだけ。そしてもっとも彼を満足させたのは、それが安全だということだった。

「もう一度確認《かくにん》する。その村は、まったくの非武装なのだな？」

「もちろんです。間違《まちが》いありません」

そう答えたルキーニの表情に秘《ひ》めたるものがあるのを、フランツは見抜《みぬ》くことが出来なかった。

フランツは、情報屋の言葉に満足げに頷《うなず》くと、情報屋の希望する額を支払ってやった。

× × ×

フランツが、情報屋のルキーニに会った翌日、傭兵《ようへい》部隊サーペントテールは、アマゾンの村に来ていた。ルキーニが、フランツに語った「村には戦力がない」という言葉は、明らかに過去のものになっていた。ルキーニほどの情報網《じょうほうもう》を持つ者が、サーペントテールの行動を把握《はあく》していないとは考えにくい。おそらく、故意にこの情報を出さなかったのだろう。少なくとも話をした時点では、彼はウソを言ってはいない。

実は、サーペントテールは、別の任務を遂行《すいこう》するために地上に降りてきていたが、その任務が一段落したために、新たにこの任務を受けたのだ。

もともと地上に降りるキッカケとなった任務は、地球連合から受けたものだった。連合の敵であるザフト軍は、地上にある打ち上げ基地を攻略《こうりゃく》することで、連合を地球上に封《ふう》じ込める作戦を進めている。

これに対抗《たいこう》するため、連合は極秘《ごくひ》計画を実行に移した。

ギガフロート計画。移動可能な人工島の上に宇宙港を造ることで、ザフトの目を逃《のが》れようというのだ。

この計画は、連合軍の内部でもごく一部の人間だけが知り得《う》るモノで、その隠匿《いんとく》性からあまり多くの正規軍を動かすことが出来なかった。そこで、兵力の不足を補うため、傭兵である劾たちが雇《やと》われることになったのだ。『信頼《しんらい》でき、腕《うで》の立つ傭兵』、その条件に合う者は多くない。劾たちは、数少ない該当者《がいとうしゃ》だった。

地球に降りてから、メンバーたちは、忙《いそが》しく任務をこなしていく。

おもな任務は、ザフト軍への陽動攪乱《かくらん》活動だった。連合の極秘計画に気づかれないようにするため、各地で騒《さわ》ぎを起こすのだ。

これは、二方面から進められた。劾やイライジャによる実戦行動と、リードやロレッタが担当する情報操作だ。

サーペントテールが動き出すと、すぐにその効果が表れた。地球上のザフト軍は錯綜《さくそう》するデータと目撃《もくげき》情報に混乱をきたす。

さらに劾たちの行動を有利にする事件が起きた。

地球連合の新造戦艦《せんかん》アークエンジェルが、地球に降下し、ザフト軍の注目を一身に浴びたのだ。

劾は、このアークエンジェルが、彼の愛機であるASTRAY《アストレイ》を生み出したコロニー〝ヘリオポリス〟で作られたことを知っていた。以前、アークエンジェルが寄港した宇宙要塞《ようさい》アルテミスに、劾は雇われたことがあり、その時に詳細《しょうさい》を知ったのだ。

「何かこの艦とは、運命的なものがあるのかもしれない」

劾は、自分と同時期に地上に現れたアークエンジェルに、親近感のようなものを感じていた。

アークエンジェルの登場により、劾の任務は思いのほか早く達成された。まだ、連合の計画自体が完了《かんりよう》したわけではなく、完全に任務から解放された訳ではなかったが、当面はすることがなくなってしまう。

それで、サーペントテールのメンバーは、連合から新たな指示があるまで、別の任務につくことにしたのだ。サーペントテールほどの傭兵になれば、仕事に困るようなことはない。

その結果、メンバーはそれぞれ新たな任務についた。

リードは、連合の基地にのこり、状況把握《じようきようはあく》につとめている。連合からの新たな指令が出た場合、彼がメンバーに連絡《れんらく》をとる。

イライジャとロレッタは、ザフト軍の仕事で、北アフリカのジブラルタル基地に向かった。

そして劾は、このアマゾンに来たという訳だ。

劾と一緒《いっしょ》にもう一人、仲間が来ていた。ロレッタの幼い娘《むすめ》、風花・アジャーだ。風花は、六歳という若さだったが、しっかりした少女で、ブルーフレームを使って劾の危機を救ったこともある。今回地上に降りるにあたって、ロレッタが連れてきていた。彼女は、移動する場合には必ず娘を連れていた。

最初、風花はリードとともに連合の基地に残る予定だった。しかし、彼女自身が劾と行動をともにすることを強く希望したのだ。

自分を連れて行ってくれるように頼《たの》む風花の顔を正面から見た劾は、そっけなく答える。

「いいだろう。すべて覚悟《かくご》出来ているようだからな」

普通《ふつう》の大人なら止めただろう。しかし、子供のワガママとも思える言動に、劾は、すんなりと許可を与《あた》えたのだ。

風花は、その劾の短い一言の中に「自分の行動には自分で責任をとれ」「足を引っ張るようなら見捨てる」などの意味が含《ふく》まれていることを知っていた。

劾は、分かっていることをいちいち説明したりしない。また、言われなくても分かる風花だからこそ、彼女を連れて行くことを拒否《きょひ》しなかったのだ。

×　　×　　×

アマゾンは、ちょうど雨季を抜《ぬ》けた所だった。

ここでは、大小さまざまの河が、編み目のように走っており、それが雨季になると、一気に水位を増す。乾季《かんき》と雨季では、水位が十五メートル近く変化するのだ。もし、現在が雨季であったなら、だれも村に近づくことは出来なかっただろう。

劾は、タイヤの代わりにクローラーを装備した特殊《とくしゅ》トレーラーを使用して、ブルーフレームを村へ運び入れた。

本当なら、アマゾンを監視《かんし》している連合かザフトに発見されてもいいところだったが、どちらも長い間何事もないことに慣れてしまい、まったく劾の行動に気づかない。

劾は、当初、空からの侵入《しんにゅう》も考えたが、それは両軍がいくら気が緩《ゆる》んでいるとしても、気づかないはずがなかった。

このことは同時に、村に迫《せま》る敵も、空から来ることはないということを示していた。敵は非武装地域に兵器を持ち込もうというのだ。なるべく目立たない方法を選んでくる。

村は、木製の小屋数軒《けん》だけで構成されており、けっして大きなモノではなかった。周り

は、木々に囲まれており、そこに村があることを知って近づかないかぎり発見するのは難しいだろう。

発見されにくいのはいいが、一度見付かれば、守るのは至難の業《わざ》だと言える。

「あなたがたは……」

劾が、村に到着《とうちゃく》すると、村の人々は恐《おそ》れをあらわにした。突然《とつぜん》現れたよそ者。そいつが運転してきたトレーラーの荷物が、巨大《きょだい》な人型兵器〝モビルスーツ〟であることは子供でも分かる。

「オレの名前は叢雲劾。傭兵《ようへい》だ」

劾は、自分が村を守るために雇《やと》われた傭兵であることを告げる。

「この村は狙《ねら》われている」

村人に動揺《どうよう》が走る。無理もない。ずっと戦いと根絶された世界に暮らしていたのだ。

劾が、村を守るためには、村人の協力が絶対的に必要だった。そのための準備もしてきている。ある程度予想してきたことではあったが、動揺する村人を落ち着かせ、手伝わせるのは、骨が折れそうだ。

しかし、村人たちの間から現れた老人の言葉がすべてを解決した。

「やはり来ましたか……ずっとこの日が来ることを恐れていました」

この老人の名はマーシュ。彼は、村の長老とも言える人物だった。彼の説得により、村人は劾を受け入れる。

「あまり時間がない。すぐに準備をはじめるぞ。おまえたちにも協力してもらう」

劾は、村人たちにテキパキと指示を出していく。

そんな中、準備の合間を見て、風花は、マーシュに話しかけた。

風花は、あまり詳《くわ》しく今回の作戦について知らされていなかった。それは、知っていることの責任を負わせないための劾の配慮《はいりょ》でもある。もし、作戦の詳細《しょうさい》を知った上で敵に捕《つか》まった場合、とりかえしのつかないことになりかねない。なにも知らなければ、捕まった時の犠牲《ぎせい》は自分だけですむ。

「おじいちゃん、ちょっといい」

「あんたは……」

マーシュは、風花に少し驚《おどろ》いたようだ。「傭兵がなぜ少女を連れているのか?」そんな疑問が表情に表れている。

風花は、宇宙育ちのため同じ年齢《ねんれい》の少女より身長が高い。しかし、いくら同年齢の少女より身長が高くても、表情は幼く、さすがにプロの傭兵には見えない。

「アタシは劾の仲間よ。残念ながら、傭兵ではないけど。まあ、見習いみたいなモノかな」

「そうかね。で、ワシになんの用かね」

「この村って、どうして敵に狙われてるの?」

マーシュは、少し不思議そうな顔をした。

「それを知らずにここに来たのかい？」

「うん、まあね」

風花は、自分が間抜《まぬ》けな質問をしているような気分になったが、事実、知らないものは仕方なかった。

「効は、必要以上のことは教えてくれないから」

「う〜む、なるほどな。よかろう、話してあげよう」

マーシュが、風花に丁寧《ていねい》に話しはじめた。

それは、まるで老人が孫に昔話を聞かせるような、優《やさ》しい口調だ。

この村には、ナチュラルとコーディネイターが混在していた。しかも彼らは、コーディネイターのコロニー〝プラント〟から移住してきた者たちだった。

それは、ナチュラルとコーディネイター、両者が戦争状態にある現状では考えられないことだ。

もちろん、ごく一部の地域では、両者が共存している所もある。地上では、中立国オーブがそうだ。だが、それはあくまでも特殊《とくしゅ》な存在だった。

プラントからの移住者によるナチュラルとコーディネイターの混在する村。それが、どのようにして生まれたのか？

一般《いっぱん》にプラントは、コーディネイターだけが住むコロニーだと思われている。その認識《にんしき》は、基本的には間違《まちが》っていない。しかし、実際にはごく少数ながら、ある特別なナチュラルがそこに暮らしていた。

プラントに住むナチュラル。それは、自分の子供をコーディネイターにした親たちだった。彼らは、自分の子供であるコーディネイターがプラントへと移り住んだ時に、親子で離《はな》ればなれになることを避《さ》け、一緒《いっしょ》に宇宙に上がったのだ。

ナチュラルとコーディネイター間の対立が激化したため、最近ではナチュラルの親が、子供をコーディネイターにすることはほとんどなくなっている。そのかわり、コーディネイター同士が結婚《けっこん》し、新たな第二世代コーディネイターを生み出していた。コーディネイターは、コーディネイターから生まれる時代になったのだ。

やがて時間の流れとともに、子供たちと一緒に宇宙に上がったナチュラルの親たちは、段々とその数が少なくなっていた。それは、自然の摂理《せつり》として当然のことだ。

そんなナチュラルの親たちの中には、残された時間を地上で過ごしたいと思う者が、少なくなかった。

「生まれ育った地球に帰りたい」、「死に場所は大地の上で」という訳だ。それは理性では、推《お》し量れない感情だった。

理解出来ずとも、ナチュラルの親を持つコーディネイターたちは、この願いを聞き届けたいと考えた。しかし、ナチュラルとコーディネイターの間の緊張《きんちょう》関係が高まるなかで、プラントの人間が地上に降りるなど不可能な話だ。

ましてや、彼らの親は、地球から見れば憎《にく》むべき敵を作り出した者なのだ。

だが一部のコーディネイターは、それでも自分の親の願いを聞き届けた。親を連れて地上に降りたのだ。

地上に降りても、どこでも自由に住めるという訳ではない。だれにも発見されず、ひっそりと暮らさねばならない。それに適した場所が、アマゾンのジャングルの中だったのだ。この場所を提案した人物こそ、プラント最高評議会議長のクラインだった。

現在では、村には、十四人の人間がいた。

うち、コーディネイターの親であるナチュラルはマーシュ一人しかいない。最初に移住した時は親に当たる世代は五人ほどいたらしいが、他《ほか》の者は寿命《じゅみょう》で亡《な》くなったらしい。

その子供にあたる第一世代コーディネイターは五人。そして、現地で知り合ったナチュラルの人間が五人。村で生まれた子供たちが三人だ。

「ワシは、その最初のナチュラルの生き残りさ。仲間は大地に降り満足して死んだが、なぜかワシだけはまだ生きている」

老人の目は、悲しみを湛《たた》えていた。長生きが出来ることは、一般には幸福なことだ。風花自身も出来れば長生きしたい。なぜ、こんなに悲しそうな目をするのだろう。

「プラントに帰ろうとは思わないの？」

「お嬢《じょう》ちゃん、ワシらはもうプラントの人間ではない。村の人間もそうだ。この地で出会ったナチュラルと結ばれた者もいる。子供たちの中にはハーフもいる。とても全員がプラントに受け入れられるとは考えられない」

「宇宙だったら、けっこうナチュラルとコーディネイターが一緒に暮らしてる所もあるよ。アタシたちだって、アタシはナチュラルだけど、劾はコーディネイターだし」

「なるほど、探せば受け入れてくれる所もあるだろう。しかし、ワシらにはここしかない。ここが、いいんだ。自然の中で暮らしてみてはじめてわかったことだが」

「自然か……ブルーコスモスみたいなこと言うのね」

ブルーコスモスとは『自然に帰れ』をスローガンに、人為的《じんい》に作り出されたコーディネイターを排除《はいじょ》しようとする過激派集団のことだ。彼らに、各地でコーディネイターの殺傷事件を起こしている。

「彼らとは、根本的な考え方が違う。私たちは、暴力を否定する。そうだな、『親が死に、子が死に、そして孫が死ぬ』。それが、一番幸せなことなんだよ。ここにはそれがある」

『死ぬ』という言葉がなぜ幸せにつながるのか、風花には分からなかった。だが、老人にそのことについて聞くことはしなかった。まず自分でよく考えてみる。それから聞くのでなければ意味がない。風花は、いつもそうしていた。

×　×　×

アマゾンの村では、戦いの準備が進められている。

劾は、村人も積極的に戦いに参加させるつもりでいた。彼は、村人のためにある装備を持ってきていた。

すでに劾の指示にしたがい、村人たちは、その装備の数々をチェックしている。

それは、一見モビルスーツのような人型の兵器だった。しかし、そのスケールは二十メートル近いモビルスーツの十分の一ほどしかない。

〝パワードスーツ〟と呼ばれる兵器だった。

文字通り、動力を備えた服だ。モビルスーツが一般化する前は、戦場でみかけることが多かったが、現在ではあまり使われることがない。

劾が、わざわざパワードスーツを持ってきたのは、モビルスーツと違《ちが》い操縦する必要が無く、「着る」だけで使用可能な点と、ジャングルという条件下では、小型兵器の方が機動性を確保出来ると考えたからだった。

今回用意されたパワードスーツは、〝グティ〟と呼ばれるアクタイオン社製の機種で、足にクローラーが装着されていた。これは地形に合わせて、自由に形を変えることが可能で、ジャングルのような地形では、特に威力《いりょく》を発揮するはずだった。

村の中からも、武器に使えそうなモノが集められた。

集められた数々のモノの中で特にユニークなのが〝ボウィー〟だ。

これは、全長五十センチほどのハチの形をしたロボットだった。おもに牧場などで、家《か》畜《ちく》を追い立てたり、狼《おおかみ》などの危険な動物から家畜を守ったりするのに使われる。

この村では、移住してきた当初、危険な野生生物を村に入れさせないために使用されていた。

四枚の羽で飛行し、尾《お》にあたる部分には、ムチを持っていた。ムチは、加熱させて威力を増すことも出来る。頭部にAIを搭載《とうさい》しており、単純な命令を与《あた》えれば自己判断で行動する。

村には、これが十機ほどあった。

村人が準備を進める間、劾は、ブルーフレームの整備をする。実際にジャングルを見て、それに合わせて各種設定を変更《へんこう》していく。

今回の作戦では、ブルーフレームの運用には、注意が必要だった。ブルーフレームの武器は強力すぎて、ジャングルの中で使用するのは難しかったからだ。ビームライフルを一発発射するだけで、空気はイオン化し、それに触《ふ》れた木はすべて燃え上がるだろう。

劾は、ブルーフレームを整備していた手を休めると、その肩《かた》に腰《こし》掛《か》ける。

見上げると空が抜《ぬ》けるように青い。大地には、生命の息吹《いぶき》にあふれた木々が生《お》い茂《しげ》っている。まさにこの星そのものが『生きている』のだ。宇宙に浮《う》かぶ人工のコロニーとは明らかに別の世界だ。

しかし、数時間後には、ここも戦場となる。

「この星が生み出した人類によって……」

劾は、そう口の中で呟《つぶや》き、自分の考えに思わず苦笑《くしょう》する。

あまりに傭兵《ようへい》らしからぬ考えだった。彼は、思想家でもなければ、自然保護団体の人間でもない。戦いの中に生きる傭兵なのだ。作戦を確実に実行し、勝利を手にする。今、考えるべきことはそれだけだ。

特に困難な戦いが待ち受けている今は、余計なことを考えている余裕《よゆう》はない。

「ねぇ、劾、ちょっといい」

声をかけてきたのは風花だった。

ブルーフレームのコクピットまで上がってきている。

「なんだ？」

「あのおじいさん、マーシュさんとちょっとお話ししてみたんだけど……」

風花は、マーシュとの会話を劾に話した。

「親が死に、子が死に、そして孫が死ぬ。それが一番の幸せ」。その意味がどうしても分からない。ついに劾に聞いてみることにしたのだ。

「そんなことを言っていたか……」

劾は、そう答えて何かを考えるように空を見上げていた。劾がそこに何を見ているのか、風花には分からない。

やがて、劾がゆっくりと答えた。

「それは、戦いに身を置いていたら、絶対に感じることの出来ないことだろうな」

「どういうこと？」

「人は必ず死ぬ。だったら生まれた順番に死んでいくのが、一番自然で理想的なことだ。そういう意味だ」

「あっ！」

劾の説明を聞いて風花はショックを受けた。確かに、そうなのかもしれない。だから親であるマーシュが今でも生き残っていることを、彼は悲しんでいるのか。

でも、もし風花の母親であるロレッタが自分より早く死んだら、それを幸せなことと、自分は思うことが出来るだろうか？　今は無理だった。きっと、お母さんと、もっともっと楽しい思い出をいっぱい作って、はじめてそう思えるのかもしれない。

風花は、自分が感じたままのことを劾に話してみる。

「そうか」

劾は、ただ一言だけ答える。それが、合っているとも間違っているとも言わない。劾はいつも風花に考えさせる。正しい答えに行き着いたかどうかは自分で判断するしかない。突《つ》き放した対応だったが、自分に任せてくれるそんな劾が、風花は好きだった。

キュイイイィン

クローラーを高速回転させながら、一機のパワードスーツが、ジャングルから戻《もど》ってくる。

村の外で、見張りを担当していた者だ。

「敵だ！　モビルスーツが二機近づいている」

パワードスーツの中から顔を出した村人が叫《さけ》ぶ。

戦いになるのは分かっていた。しかし、実際にモビルスーツが現れると、新たな覚悟《かくご》が必要とされる。

そのための準備はやったのだ。なにも始めないうちから、諦《あきら》めるようなことはしたくない。村人たちは勇気を奮い起こす。

村にとって有利なのは、相手はジャングル内では火器を使用出来ないということだ。モビルスーツを持ち込んでいる時点で非武装の決まりを破っているが、まさかジャングルや村を焼き払《はら》うような行為《こうい》までするとは思えない。もちろん、追いつめられれば使ってくる可能性もあるが……。

「よし、では始めよう」

劾の言葉を合図に、村人たちが作戦の配置に付く。パワードスーツ〝グティ〟を着た村人は、次々と村を出ていく。

ザフト軍は、ジン一機とザウート一機という構成だった。ジンが先頭を進み、後からザウートが付いてくる。

ジンは、ザフト軍の中でもっともポピュラーな機体で、特徴《とくちょう》が無いのが特徴だった。飛び抜けた所がないのは、逆に見れば、それだけ汎用《はんよう》性が高いことを示している。

ザウートは、ジンより旧式に属していたが、脚部《きゃくぶ》を変形させることでタンク形態に変形する機構を持つため、ジャングルのような悪路での使用に適している。その反面、接近戦を苦手としており、攻撃《こうげき》手段は全身に装備した火器による砲撃《ほうげき》戦しかなかった。つまり、ジャングルを傷つけないように戦おうとするなら、もっとも役に立たない兵器となる。ザフト軍がどういうつもりでザウートのようなモビルスーツを引き連れてきたのかは分からないが、絶対にその火器を使わせることは避《さ》けなくてはならない。

劾は、村人が配置を完了《かんりょう》するのを確認《かくにん》してから、ブルーフレームのコクピットに付いた。

×　×　×

「ん？」

最初にそれに気づいたのは、ザウートのパイロットのアールだ。アールは、ナチュラルとコーディネイターの間に生まれたハーフだった。フランツは、今回の件で手柄《てがら》を横取りされないため、純粋《じゅんすい》なコーディネイターではない、彼を連れてくることにしたのだ。

「隊長、何か光りました！」

彼は、隊長機のジンの側《そば》を光る物体が通過したのを見た。

時刻は昼過ぎ。まだ日は高い位置だったが、木が生《お》い茂《しげ》るジャングルの中は、そんな時間でも暗く、光を放つその物体ははっきりと確認することが出来た。

「なにかの見間違《みまちが》いだろう？」

アールの報告を受け、ジンに搭乗《とうじょう》したフランツは、レーダーに目をやった。

そこには何も映っていない。もちろん、ニュートロンジャマーの影響《えいきょう》で、レーダーの能力は著《いちじる》しく制限されている。しかし、目視出来るほど近くにあるモノなら、レーダーに映らないはずがなかった。

念のため、集音センサーの強度を上げてみる。レーダーが使えない環境《かんきょう》では、意外と役に立つ装置だ。特に連合の使用している兵器は、うるさいエンジン音を上げていることが多い。

ブブブブーン！

集音装置が、低音域に断続的な音を拾う。

「……昆虫《こんちゅう》の羽音？」

コロニーの中で育ったザフト兵にとって、最初に地球の印象として強く植えつけられるのが、この昆虫の存在だった。完全に環境管理されたプラントには、害虫のたぐいは居ない。

蝶《ちょう》のような無害なものや、農園などで農薬の代わりに使用される益虫はいるが、ごく普《ふ》通《つう》に居住区に虫が飛んでいることなど、まずありえない。

それが、地球上には、至る所に無数の虫が存在していた。

特に夜になると耳元に現れる虫の羽音は、地球に降りてきたザフト兵にとって、連合軍の次にやっかいな敵だった。

「昆虫の羽音にしては、大きすぎるようだな」

ジャングルには、巨大《きょだい》な昆虫も居るのだろうか？　という考えが頭をよぎる。

すると、その考えを裏付けるかのように、突然《とつぜん》モニターの前に、巨大な昆虫が姿を現す。

「なんだ、これは？」

一瞬驚《いっしゅんおどろ》いたが、落ち着いて良く見ると人工物であることが分かる。プラスチックのような素材で作られているようだ。全長は五十センチほど。それは村人が放った〝ボウィー〟だった。しかし、フランツたちが、そんなことを知る由《よし》もない。

それが、挑発《ちょうはつ》するようにジンの頭の上を旋回《せんかい》する。

「昆虫型のマシン？」

すくなくとも兵器には見えない。しかし、何のために使われるモノなのかは、見当もつかない。

やがてそれは、尾《お》の部分から光るムチを出したかと思うと、ジンの目をパチパチと叩《たた》き始めた。

「うわっ！」

一瞬、フランツはたじろいだが、その小型メカの行為《こうい》で、ジンが傷つくようなことはなかった。

ボウィーが使用しているのは、狼《おおかみ》などの害獣《がいじゅう》を追い払《はら》うために使用されるムチだった。高温化させることが可能だったが、モビルスーツを傷つけるほどの威力《いりょく》はない。

村人たちは、劾の指示で、あらかじめボウィーのＡＩにジンのカメラを害獣だと思って攻撃するようにプログラムしていたのだ。

「うるさいヤツだ！」

ダメージが無いと分かると、さきほど狼狽《ろうばい》したことで余計に腹が立ってくる。

「思い出しました。それは牧場で使うボウィーですね」

ザウートに乗ったアールは、その正体を知っていた。ハーフである彼は、短い期間だが幼いころに地上で過ごしたことがあった。

「おそらく牧場で使っていたボウィーが、AIの不調で狂《くる》ってしまったんでしょう。きっとそいつは、隊長の頭を牛のシリだと思っているんです」

「なんだと！」

アールは、「狼だと思っている」と例えることも出来たが、あえてこの表現を使った。フランツのような男を狼に例えるなど、狼に失礼だ。

「隊長、気になるようでしたら、撃《う》ち落としましょうか？」

ザウートの全身に装着された砲身《ほうしん》が隊長機であるジンの方を向く。

「やっ、やめろ。ジンに当たったらどうするんだ」

こんな至近距離《きょり》での射撃《しゃげき》が、小さなボウィーだけに当たるとは思えない。

もちろん、提案したアールも、本気で撃ち落とすつもりで言ったわけではない。

「失礼しました」

「とにかく火器の使用は、許可があるまで絶対に行うな」

「はっ、了解《りょうかい》です」

真面目《まじめ》な答えが返ってくる。フランツはそれを、アールが自分をバカにしているのだと思い込んだ。

確かにハチに頭をペシペシされている隊長機では、威厳《いげん》もなにもあったものではない。

フランツは、ジンの手でボウィーを振《ふ》り払おうとしたが、意外とすばしっこくて、なかなか叩き落とすことが出来ない。数分後、やっとのことで、それを払い落とすことに成功する。

だが、彼の悲劇はまだ始まったばかりだった。

すぐに十機のボウィーが、新たに現れたのだ。アールのザウートにも三機が取り付き、カメラアイをムチで叩き始める。フランツのジンには、七機が取り付いている。

アールも、隊長機と同じようにザウートの手を使ってはたき落とそうとするが、うまくいかない。

ガシュン！

突然、フランツの機体に衝撃《しょうげき》が走る。機体がバランスを崩《くず》して倒《たお》れそうになる。

「なんだ！」

フランツは、あわてて機体をチェックする。

足首の関節がダメージを受けていた。見ると、人影《ひとかげ》がジャングルの木々の間に消えていく。

「モビルスーツ……ではないな」

それがモビルスーツよりずっと小さいことは、一目瞭然《いちもくりようぜん》だった。

「隊長、パワードスーツです！」

「なんだそれは？」

フランツは、パワードスーツという兵器を知らなかった。すぐにアールが説明する。

「そんな兵器にやられたのか？」

頭の上のうるさいマシンに気を取られていて失敗した。もともと頭上のマシンは、囮《おとり》のために送り込まれたモノに違《ちが》いない。

パワードスーツが消えた方へ銃《じゆう》を向けるが、すでに敵の姿は消えている。

敵の消えた方向へ追いかけようかとも考えたが、そちらは木が生《お》い茂《しげ》っており、モビルスーツで侵入《しんにゆう》するとすれば、かなり行動が制限される。

「追跡《ついせき》は無理ですね。隊長、このまま予定通り進むしかありません」

アールがそう判断する。それがフランツの心に火を点《つ》け、正確な状況《じようきよう》判断を失わせる。

「部下の分際で、隊長に命令するつもりか？　追撃するに決まっているだろう！」

「しかし……」

「馬鹿者《ばかもの》。口答えは許さん！　そもそもハーフの貴様が、コーディネイターである私より、正確な状況判断が出来る訳があるまい」

「…………」

アールは、なにも答えなかった。

フランツは、明らかに軍人としての資質に欠けていた。

基礎《きそ》能力の優《すぐ》れたコーディネイターといえども、学習や鍛錬《たんれん》無しでは何も出来ない。幼少のころから己《おのれ》の血筋だけを頼《たよ》りに努力をしなかった彼は、他《ほか》のどんなコーディネイターより劣《おと》っていた。

すでに頭上に付きまとっていたボウィーは消えていた。

二体のモビルスーツは、木々を押し分け、パワードスーツの消えた後を追い始めた。

×　　×　　×

細い道を木々を押し分けながら進むと、前方に一体のモビルスーツが現れる。見たことのないタイプだった。

そのモビルスーツの機体のカラーは、青と白。頭部には特徴的《とくちょう》な「V」字型のアンテナを装備している。そして左肩《ひだりかた》には、ヘビをモチーフにしたマークが入っていた。

それは、戦いの裏に生きる傭兵《ようへい》たちの間では知らぬ者のいない機体だった。

傭兵部隊サーペントテールのリーダー、叢雲劾《ムラクモガイ》の愛機、ASTRAY・ブルーフレーム。

ザフト軍の技術とはまったく違う、連合とオーブの技術を使用して極秘《ごくひ》に開発されたモビルスーツだ。

「敵？」

フランツは、すぐに反応すると銃を向け引き金を引く。

戦闘行為《せんとうこうい》が禁じられた非武装地域であることは理解していたが、自分の命の方が大切だ。

ズガガガガン！

ジンの七十六ミリ機銃《きじゅう》が火を噴《ふ》く。

敵は見たところシールドも銃も装備していない。

「勝った」

フランツは、そう思った。

しかし、目の前のモビルスーツは、まるで風のような素早《すばや》さで、すべての銃弾《じゅうだん》をかわしてしまう。

それは常識では、ありえない機動性だった。

もともとブルーフレームは、他のモビルスーツに比べその重量は半分ほどしかなかった。設計段階から超軽量化《ちょう》をはかり、機動性を重視しているのだ。

今回、劾はさらにシールドも装備しないことによって、モビルスーツとしては、他に類をみないほどの機動力をブルーフレームに与《あた》えていた。

「ばっ、ばかな！」

フランツが、今一度銃撃《じゅうげき》を加える。

しかし、ことごとく避《よ》けられる。敵は、避けながらどんどん接近して来ていた。

「はっ、速い！」

と叫《さけ》んだ時には、青い機体が目の前にいる。


ザクっ。


次の瞬間《しゅんかん》、コクピット正面のモニターが消え、そこから巨大《きょだい》な金属の刃《やいば》が突《つ》き出ていた。

まさにあと、十センチでフランツの顔に突《さ》き刺さる距離《きょり》だ。

それが、青い機体がモビルスーツ用のナイフ〝アーマーシュナイダー〟を自分のジンのコクピットに突き立てたのだ、ということをフランツが理解するまで、たっぷり十秒はかかった。

「ザウートのパイロットを投降させろ。さもないとおまえを殺す」

目の前のモビルスーツからの通信が入る。

フランツは、長年の経験から、敵が何かを要求するということは、その裏に弱みがあることを知っていた。その答えをみつければ、まだ逆転出来るはずだ。彼は、生まれてからはじめて頭をフル回転させた。

「そうか、ザウートの火力で村を焼き払《はら》われるのを恐《おそ》れているのか……」

フランツの顔に、醜《みにく》い笑《え》みがこぼれる。彼は、自分がまだ戦いの主導権を握《にぎ》っていると確信した。

ただちに通信をザウートに入れる。

「アール、村を攻撃《こうげき》しろ。これで我々の勝ち……だ……？」

フランツは、自分の言葉を最後まで聞くことが出来なかった。

代わりに聞こえてきたのは、自分が機体ごと切り裂《さ》かれる音だった。

勝利の確信に微笑《ほほえ》む彼の顔は、巨大なナイフの切っ先によって、真っ二つにされていた。

フランツは、敵である劾という人間を見誤っていた。

劾は、絶対にウソをつかない。

「殺す」と言ったからには、必ず殺すのだ。そこに取り引きが入る余地など存在しない。

劾は、すぐさまジンのコクピットからアーマーシュナイダーを抜《ぬ》き去る。ザウートと対決するためだ。

だが、劾がブルーフレームをザウートの方に向ける前に、そのコクピットからアールは降りていた。両手を高々と上げて。

隊長であるフランツを失った今、彼には自分の判断で行動する権利がある。その権利を彼は躊躇《ちゅうちょ》なく行使した。

×　　×　　×

宇宙に浮《う》かぶ天秤《てんびん》型のコロニー群。プラントと呼ばれるコーディネイターたちの世界だ。その中の一つ、アプリリウス市・一区。プラントの政治の中心であるそこの最高評議会ビルの一室で、プラント最高評議会議長シーゲル・クラインは、傭兵《ようへい》部隊のリード・ウェラーが作成した報告書に目を通していた。

「ふぅ」

書類に向けた顔が、自然とほころぶ。

書類は、目を通し終わると同時に、シュレッダーで粉砕《ふんさい》してしまう。

「あのサーペントテールとかいう傭兵は、思った通りの働きをしてくれたようだ」

その言葉は、あまりに小さく、ほとんど彼の口の中で消えてしまった。

「あの、何かおっしゃりましたか？」

同じ部屋にいる警備兵が、不審《ふしん》そうな顔を向ける。

「なんでもない。独り言だ。気にしないでくれ」

「はっ」

警備兵は、敬礼して答える。まだ、納得《なっとく》しきった顔ではないが、最高評議会議長を相手に些細《ささい》なことで追求する訳にもいかない。

プラント最高評議会議長シーゲル・クライン。彼こそ、あの村を守るためにサーペントテールを雇《やと》った人間だった。

報告書によると、村は守られたようだ。攻撃に加わって生き残ったアールという兵士は、ザフト軍を抜け、村の人間となったらしい。ナチュラルとコーディネイター、そしてハーフが共同で生活する村だ。彼にとって、そこは理想の世界となるに違《ちが》いない。

「出来れば、私もそこで暮らしたいぐらいだ」

しかし、それが許される立場にクラインはいない。彼には、最高評議会議長としての仕事があるのだ。

プラントの中は、最近、二分している。

クラインを中心とする穏健派《おんけん》と、パトリック・ザラを中心とする好戦派だ。

長く続いた戦いは、連合にもプラントにも暗い影《かげ》を落とし始めていた。これを解決する方法として、クラインは、早期の和平を求めていた。しかし、ザラは、一気に地球を攻《せ》め落とし戦いを終結させようとしている。

「我々はナチュラルから生まれたのだ。再びナチュラルと結ばれ、緩《ゆる》やかにナチュラルへと戻《もど》っても良いではないか……」

それがコーディネイターの存在理由を否定する危険な思想だということは自分でも理解している。しかし、今回の事件の舞台《ぶたい》となった村のように、それをすでに実践《じっせん》し、平和に暮らしている者もいるのだ。

「我々コーディネイターが、本当に目指すべき道は、どこにあるのか……」

すでに彼の表情から、笑《え》みは消えている。かわりに決意にも似た固い表情が現れていた。

彼が雇った傭兵は、地上での無益な争いを止めてくれた。

今度は、自分が評議会の場で、ザラ派と対決する番だ。

シーゲルは、ゆっくりと立ち上がると、最高評議会議場へと歩き出した。

MISSION 05

ソキウスの挑戦

プラントによって開発された巨大《きょだい》人型兵器〝モビルスーツ〟は、それまでに存在したあらゆる兵器を凌駕《りょうが》した。

開戦から一年以上を経過した現在でも、物量で勝《まさ》る地球連合がプラントのザフト軍に対し、勝利を摑《つか》むことが出来ないのも、モビルスーツの存在が大きい。

当然ながら、連合もただモビルスーツの脅威《きょうい》に指をくわえて見ているだけではない。初戦で、モビルスーツによる大打撃《だいだげき》を受けた連合軍は、ただちに自軍でもこの新型兵器の開発に着手する。

モビルスーツは、それまでの概念《がいねん》を大きく変える、まったく新しい兵器だ。しかし、開発に関する技術的な障壁《しょうへき》は高くなく、すべては既存《きそん》の技術の集合体だった。そのため、連合でのモビルスーツ開発は、大きな障害もなく進められた。

地球連合は、モビルスーツの開発を二つのルートで行った。

一つは、地球上のパナマ基地を中心にした、量産機の開発計画。

これは、量産性、及《およ》び操縦性を考慮《こうりょ》した機体を作り出すことを目的としており、その結果として、GAT—01〝ストライク・ダガー〟が生み出される。

ストライク・ダガーは、量産性に優《すぐ》れているだけでなく、標準でビーム兵器を装備することが出来たため、ザフト軍の主力モビルスーツであった〝ジン〟よりも、攻撃力《こうげき》において勝っている。

二つ目の開発ルートは、中立国オーブのコロニー〝ヘリオポリス〟で行われた。

これは、かなり特殊《とくしゅ》な状況《じょうきょう》といえる。オーブは地球連合に属さない中立国であったのだ。無論、連合と敵対するプラントとも中立の関係を築いていた。

本来、軍事的な目的で協力出来るはずもない中立国オーブが、連合のモビルスーツ開発に関係したのには、あるオーブ特有の思惑《おもわく》があった。オーブは、建国から常に中立政策をとっている。しかし、激化する戦いの中で中立を保つためには、それに見合う『力』が必要だった。自国を防衛するための力。それはモビルスーツ以外にありえない。連合と同じように、オーブもまた、モビルスーツを必要としていたのだ。

ただし、連合のモビルスーツ開発への協力については、オーブのウズミ代表はまったくこの事実を知らされておらず、一部の人間が暴走したものと言われている。

地球連合とオーブ、両者の利害が一致《いっち》した結果、ヘリオポリスのモルゲンレーテ社が、連合のモビルスーツの開発を担当することになる（のちに、オーブは、連合から提供された技術を使い、自国防衛用のモビルスーツＭＢＦ－Ｍ１〝Ｍ１アストレイ〟を開発している）。

オーブのコロニー、ヘリオポリスでの開発計画は、地上での量産機製作とはまったく違《ちが》うアプローチで進められた。

ここでの開発は、連合の持ちうる技術をすべて注《つ》ぎ込んだ、スペシャル機の製作だった。

地球連合がこのような機体の開発を必要としたのには、理由があった。それまでモビルスーツを使用したことがなく、運用実績を持たない連合は、どんな技術や装備がモビルスーツにとって有用であり、また各種状況下ではどのように運用したらいいのか、など、実用性のある生きたデータをまったく持っていなかったのだ。兵器が完成しても、それを有用に使う方法を知らなければ、宝の持ち腐《ぐさ》れとなってしまう。

これらの理由から、ヘリオポリスでの開発は、量産性を度外視し、あらゆる技術を取り込んだ特別なスペック実証機が作られることとなった。最終的にそれぞれ違った性能を持った五機のモビルスーツが生み出された。

五機すべての基礎《きそ》体となったGAT—X102〝デュエル〟、重砲撃《ほうげき》戦用のGAT—X103〝バスター〟、バックパックの換装《かんそう》システムを持つGAT—X105〝ストライク〟。

さらに接近戦用のGAT—X207〝ブリッツ〟は、フレーム構造から特殊なタイプを使用し、装甲《そうこう》には、完全なステルス性を持つミラージュコロイドを装備していた。

また、五機中、もっとも特異な形態を持つGAT—X303〝イージス〟は、モビルアーマーへの変形が可能であった。

五機の開発は順調に進められたが、ロールアウト寸前に予期せぬ事態に見舞《みま》われる。

連合のモビルスーツ開発の事実がザフト軍に知られ、ヘリオポリスが奇襲《きしゅう》を受けてしまったのだ。この結果、開発された五機のうち、四機をザフト軍に奪《うば》われてしまう。連合の手には、ただ一機〝ストライク〟だけが残される。

ストライクは、ヘリオポリスで開発されていた新造戦艦《せんかん》アークエンジェルとともに地球への脱出《だっしゅつ》を開始。ザフト軍は、追撃《ついげき》に奪取《だっしゅ》したばかりの連合のモビルスーツを実戦導入してくる。アークエンジェルとストライクは、地球までの道のりで、追撃してきた四機と幾《いく》度《ど》となく交戦することになる。

これにより、皮肉なことに連合は、五機すべてのモビルスーツについて、ある程度の運用データを手にすることになる。ストライク以外の四機については、敵として対峙《たいじ》してえたデータだった。しかし、それらのデータは、まさに実戦の生きたデータであり、テストではえられない、貴重なものだった。同時にザフト軍の戦いからは、連合では思いつかないような使用法についてまで、データを得《う》ることが出来た。例えば、デュエルの遠距離《えんきょり》での武器、推力の脆弱《ぜいじゃく》さに気づいたザフト軍は、ただちにアサルトシュラウドという追加装備を開発している。この装備は、接近戦では切り離《はな》すことが可能であり、デュエルは、近《きん》距離《きょり》での性能を失うことなく、遠距離での戦闘《せんとう》性能を引き上げることに成功している（この装備自体は、もともとはジン用に開発が進められていたものを転用したらしい）。

アークエンジェルの戦闘データは、大気圏突入《けんとつにゅう》直前に地球連合軍の第八艦隊に伝えられる。

データは、ただちにパナマ基地で進められていた量産機の開発にも活《い》かされることとなった。

しかし、それだけでモビルスーツの実戦投入が可能になった訳ではない。

実は、連合軍には、モビルスーツの運用について、ザフト軍にはない大きな問題があった。

それは、パイロットの問題だった。

モビルスーツのような複雑な兵器を操縦するためには、高い反射神経と判断力が必要とされる。遺伝子操作されたコーディネイターは、生まれながらにその能力を有している。モビルスーツが、コーディネイターの世界であるプラントによって生み出されたのは、必然の結果だった。

ナチュラルがモビルスーツを操縦した場合、歩かせるなどの基本的な行動は可能だったが、流動的に状況が変化する戦闘に対応することは不可能だ。

いくら優秀《ゆうしゅう》な兵器を作っても、パイロットがいなければ、ただの鉄の塊《かたまり》にすぎない。

この問題を解決したのも、アークエンジェルからもたらされたデータだった。

ストライクと奪われた四機の戦闘データは、ナチュラルが操縦するモビルスーツ用のOS開発に大いに役立つことになる。これらのデータは、各種戦闘状況下《じようきようか》において、モビルスーツがどのような対応をとれば良いのかを示す教本となった。これを基《もと》に開発されたナチュラル用のOSは、状況をある程度パターン化して、モビルスーツ自身に対応させるようにしたのだ。

結果として、反射能力の低いナチュラルに合わせて最適化した機体でも、戦闘行為《こうい》が可能になる。

こうしてパイロットの問題は、アークエンジェルがもたらしたデータにより解決を見た。

しかし、連合内では、ナチュラル用のOS以外にも、モビルスーツの操縦問題に関して、多方面からアプローチが試みられていた。

その中の一つ、ナチュラルからモビルスーツ操縦に特化した人間を作り出す計画は、一定の成果を上げた。

彼らは、外科手術で脳内や分泌腺《ぶんぴつせん》内にマイクロ・インプラントを埋《う》め込み、さらに、γ－グリフェプタンという薬物を使用することにより、耐久《たいきゆう》力や反射速度を極限まで向上させている。この結果、彼らは、ナチュラルでありながら、モビルスーツの操縦に必要な能力を獲得《かくとく》している。

また、彼らには、訓練中の心理コントロール（一種の洗脳）により、モビルスーツに搭《とう》乗《じょう》することで、戦闘に対し恐怖心《きょうふしん》を持たず、敵に対して凶暴性《きょうぼう》を増すような条件付けも施《ほどこ》されている。

彼らが使用しているγ―グリフェプタンという薬物は、改造された肉体にとって、なくてはならない必須《ひっす》薬物であり、定期的に投与《とうよ》する必要があった。これは、一見すると弱点ともとれるが、軍にとっては、彼らを薬物で縛《しば》ることになり、脱走《だっそう》や裏切りなどを防ぐ効果も期待出来た。

こうして、地球連合でもモビルスーツを使用するための準備は調《ととの》った。

しかし、これらが作り出される過程で、多くの計画が失敗し、闇《やみ》へと葬《ほうむ》り去られたことを知る者は少ない。

×　×　×

モビルスーツ同士が戦っていた。

いや、正確に表現するなら、それは「戦い」ではない。一機のモビルスーツに対して、三機のモビルスーツが一方的に攻撃《こうげき》を加えている。攻撃されている方のモビルスーツは、時々反撃を試みるように右手に持った銃《じゅう》を相手のモビルスーツに向けるものの、その銃口が火を噴《ふ》くことはない。

そこは、地下深くに作られたモビルスーツ用の実験施設《しせつ》だった。巨大《きょだい》なドーム上のバトル・フィールドは、硬《かた》い岩盤《がんばん》をくり抜《ぬ》いて作られており、内部の岩肌《いわはだ》は、特殊《とくしゅ》な装甲《そうこう》で覆《おお》われている。高い破壊《はかい》力を持つモビルスーツ同士が、戦闘実験を行っても施設自体が破壊されることがないように作られているのだ。

「おいおい、これじゃ機体のテストにならないぜ」

攻撃を加えているモビルスーツのパイロットの一人が愚痴《ぐち》る。

「たしかにな、もっと反撃してくれなきゃ、面白《おもしろ》くもないな」

「…………」

攻撃に加わっていた残り二機の内、一人が同意し、もう一人は声を出さずに頷《うなず》く。

この攻撃側の三人が乗ったモビルスーツは、それぞれ異様な姿をしている。一機は、全身に砲《ほう》を持つ機体。もう一機は、大きな翼《つばさ》を持っていた。最後の一機は、何に使うものか背中に巨大な傘《かさ》のようなパーツを装備している。三機とも、ザフト軍のモビルスーツとは、明らかに違《ちが》う特徴《とくちょう》を有していた。

対する攻撃を受けているモビルスーツは、戦場でよく見かけるジン・タイプだった。ただし、ノーマルのジンと違い、その機体の各所には、大きく連合軍のマークが入れられている。それは、そのジンが、連合によって拿捕《だほ》された機体であることを示していた。

連合軍では、モビルスーツの実験やデータ収集のために、戦闘で廃棄《はいき》されたジンを回収し、修理復元したものを多数保有していた。これは、その一機に違いない。

「まあ、ヤツに攻撃しろっていうのが、無理かもしれないがな。アイツは、オレたちナチュラルを攻撃出来ないように作られてるんだ。可愛《かわい》そうにな」

その言葉の意味とは裏腹に、パイロットの口調からは、哀《あわ》れみの感情は微塵《みじん》も感じられない。

「それじゃ、せめて、さっさと殺してやるか！」

「ヒァァァァッ!!」

ジンに対し、三機から一斉《いっせい》に攻撃を加える。

連合のマークを付けられたジンは、まったく抵抗《ていこう》する様子はない。すべてを諦《あきら》めたかのように動きを止めてしまう。

無数のビームが、まるで決められたレールの上を走っているかのように寸分のズレもなく、機体へと飲み込まれる。

次の瞬間《しゅんかん》、ジンは原型を止《とど》めぬほど破壊されていた。

爆発《ばくはつ》はない。もともとバッテリーで可動するモビルスーツは、バックパックに使用される推進剤《すいしんざい》に命中しないかぎり爆発はしない。だが、これほどの攻撃を受ければ、バックパックにもダメージはある。おそらく、このジンが爆発しなかったのは、最初から少量の推進剤しか積んでいなかったのだろう。

今の戦いをモビルスーツのコクピットの中で、見つめている者がいた。

「終わったようだな……次はボクが戦って、死ぬ番か」

その者の発した言葉は、なんの感情もこもっていなかった。悲しみもなく、死に怯《おび》える訳でもない。目の前で繰《く》り広げられた理不尽《りふじん》な戦いに対する怒《いか》りすらもない。ただ、事実を認識《にんしき》しているだけ。

彼の名は、イレブン・ソキウス。

その整った顔立ちに浮《う》かぶ表情には、まだ幼さが残っている。おそらく十代の前半だろう。しかし、少年らしい明るさや若いエネルギーのようなものはない。彼からは、『熱』というものは一切《いっさい》感じられない。

青みをおびた髪《かみ》は、短く刈《か》られている。その青い前髪《まえがみ》にやや隠《かく》れるように見える瞳《ひとみ》も、冬の海のように青い。さらにもっとも印象的なのが、肌《はだ》の色だ。それは、まるで死者のように病的に蒼白《あおじろ》かった。

蒼白く均整の取れた顔立ちに浮かぶ表情は、薄《うす》い。

一瞬でも彼を見た者は、その印象的な姿を忘れることが出来なくなる。生気を持たない人形の美しさを持つ少年。彼の持つ、負の力に魅了《みりょう》されてしまうのだ。

イレブン・ソキウスは、連合軍《れんごうぐん》のパイロットスーツを着ていた。体格は異常なまでに細く、兵士が持つべき肉体には見えない。戦うために着るパイロットスーツとは、不釣《ふつ》り合いな印象がある。

だが、それでも彼の筋力はどんな屈強《くっきょう》な兵士よりも強かった。鞭《むち》のようなその体は、外見からは想像も出来ないような高い戦闘能力を秘《ひ》めているのだ。

なぜなら、彼は、戦闘用に遺伝子調整されたコーディネイターなのだから。

×　　×　　×

ジョージ・グレンが、自らを遺伝子操作された人間であると明かし、コーディネイターという存在が世に出現した時、その存在に最初に注目したのは軍隊だった。

まだ、この時代には今のような形の地球連合もなく、ましてや、コーディネイターとの戦争が始まるとは、だれも予想していなかったころだ。

遺伝子を操作することで、戦闘力《せんとう》を特化した兵士を作り出す。

その計画は、人道的な問題を孕《はら》みながらも、実行に移される。軍隊とは、極端《きょくたん》に言えば「人を殺すための組織」であり、人道的な問題が彼らを抑止《よくし》するようなことはありえない。

しかし、無意味なトラブルを避《さ》けるため、計画は人知れず行われる必要があった。

計画は、軍の施設《しせつ》を使い、ゆっくりと進められた。

研究開始より数十年が流れると、時代は、世に言うコーディネイター・ブームになる。この時代、安全で安価なコーディネイター製作技術を人々は求めており、遺伝子操作技術は、飛躍《ひやく》的に高まっていった。

やがて、月と地球の重力バランスのとれる地域の一つ、ラグランジュ4《フォー》のコロニー群の中に、遺伝子研究のための専用コロニーが作られることになる。遺伝子操作は、一歩間違《まちが》えば地球環境《かんきょう》に取り返しのつかないダメージを与《あた》える可能性がある。それを未然に防ぐため、このコロニー内部には、特殊《とくしゅ》な設備が何重にも亘《わた》って設置されていた。

コロニーには、世界中の企業《きぎょう》が出資し、あらゆる遺伝子に関する研究が行われた。

軍による戦闘用コーディネイター開発も、このコロニーに舞台《ぶたい》を移すことになる。

時代の後押しを受ける形で、計画は加速度的に進む。

ただし、それでも新たな人間を作り出そうというこの計画には、普通《ふつう》の兵器開発とは比べられないほど、長い時間がかかった。

計画により作られたコーディネイターは、ある程度の成長を待ってから、戦闘に特化した訓練と教育がほどこされた。そのため、問題点が明らかになるまでに、最低でも十年はかかった。

長年の実験の結果、生み出されたコーディネイターに高い戦闘能力を持たせることはそれほど難しくないことが分かった。もともと通常のコーディネイターでさえ、ナチュラルを大きく上回る戦闘力を持っているのだ。

問題点は別の部分にあった。彼らには、心理コントロールがうまくいかなかったのだ。優秀《ゆうしゅう》な遺伝子を組み合わせて作られたコーディネイターは、精神的にも強く、理性に反する教育や、洗脳などに対し、高い耐性《たいせい》を持っていた。

いくら戦闘力が高くても、命令を聞かない兵士では、意味がない。いや、ある意味それは敵よりも危険な存在だった。

また、初期段階で作られたコーディネイターの一部が脱走《だっそう》するという事件まで起きる。

必然の結果として、開発計画は、心理コントロールに重点が置かれるようになる。

軍は、人類がもともと持っている「服従遺伝子」に着目した。この遺伝子を使えば「刷《イ》
り込み効果《ンプリンティング》」によって、その人間の意思とは関係なく、行動原理を支配することが可能なはずだった。

新たな段階へと入った戦闘用のコーディネイター開発計画は、『ソキウス計画』と名付けられた。それはラテン語で『戦友』を意味する言葉だった。

ソキウス計画は、莫大《ばくだい》な予算と、長い年月をかけ、徐々《じょじょ》に成果を上げることになる。

しかし、思わぬ事態が発生し、研究は中止される。

地球連合とコーディネイターの戦争が勃発《ぼっぱつ》したのだ。

コーディネイターは、地球連合の人間《ナチュラル》たちの敵となったのだ。

『ソキウス計画』に入り、「服従遺伝子」による心理コントロールは、ある程度の成果を上げていた。しかし、それでも完全とは言えなかった。少しでも裏切る可能性がある以上、戦闘力を強化したコーディネイターを作るなど、連合には出来ないことだった。

軍が『ソキウス計画』の中止を決定しようとした時、それをそっくり引き継《つ》ぐ企業が現れた。

その企業は、地球連合からモビルスーツの開発を請け負《う》っていた（この企業は、裏ではコーディネイター排除《はいじょ》を訴《うった》えるブルーコスモスとも関係していた）。

モビルスーツ開発に、コーディネイターの存在は不可欠であり、そのために『ソキウス計画』を利用したのだ。

数々の過酷《かこく》な実験でコーディネイターたちは、消耗品《しょうもうひん》のように使われていった。

遺伝子によって生まれながらにナチュラルに服従することを刷り込まれている彼らは、黙々《もくもく》とその任をこなした。彼らにとって、ナチュラルのために働けることは、生きることの全《すべ》てであり、喜びだったのだ。

やがて、連合内でのモビルスーツの量産機開発、そしてナチュラル用のOSが完成する。

さらにナチュラルを強化したパイロットまでもが誕生するに至り、彼らは、その存在意義を完全に失うことになる。

×　×　×

イレブン・ソキウスは、そうやって生まれたコーディネイターであった。

コーディネイターである彼は、常に理性的に思考することが可能であり、すでに自分自身の役割が終わったことをよく理解していた。

「もう、ナチュラルのために働くことが出来ない」

そう考えると残念な気持ちがわき上がったが、ナチュラルたちが自分を必要としていない以上、彼には、どうすることも出来なかった。

目の前では、同僚《どうりょう》のエイト・ソキウスが、戦闘《せんとう》訓練中に死亡していた。

次は、自分の番だった。

訓練の相手は、戦闘用に能力を強化されたナチュラルだ。自分もエイト・ソキウスと同じようにナチュラルと分かっている相手に対して、攻撃《こうげき》することは出来ないだろう。そのように作られて生まれてきたのだ。

イレブン・ソキウスは、それが戦闘訓練という名を借りた、死刑執行《しけいしっこう》であることを理解していた。

恐怖《きょうふ》は感じていない。

ただ、ナチュラルのために戦うように作られ、生まれてきた自分が、その役目を果たせずに殺されようとしている。そのことには、恐《おそ》ろしさに似たものを感じていた。

「よし、次だ！　ナンバー11、バトル・フィールドに出ろ！」

イレブン・ソキウスのコクピットに怒鳴《どな》るような声で指示が入る。

ソキウスに指示を出すナチュラルは、だれもが怒鳴る。それは、ナチュラルがコーディネイターを恐れる心を隠《かく》すために、虚勢《きょせい》をはろうとしているからだと彼は理解していた。

ナチュラルに対して、そんな思いをさせてしまう自分自身に嫌悪《けんお》感を覚える。

「了解《りょうかい》しました」

なるべく、優《やさ》しい声で答える。相手を刺激《しげき》することだけは避《さ》けたい。

彼は、自分の愛機を静かにバトル・フィールドに移動させた。


イレブン・ソキウスの機体は、ジンではなかった。

GAT－01D〝ロング・ダガー〟。それは、連合が初めて量産に成功したモビルスーツ〝ストライク・ダガー〟の発展機だった。

ストライク・ダガーは、量産性と「ナチュラルでも操縦出来る」という部分に重点がおかれて開発された機体であり、能力的にはパイロットに合わせて低く抑えられて《デチューン》いる。

連合では、コーディネイターと同等かそれ以上の能力を持つパイロットの開発に、幾《いく》つかのプランを持っており（ナチュラルの強化パイロットもそれに当たる）、量産機とは別に彼らのための高性能機も必要であった。

先ほど、ソキウスの目の前で戦っていた三機も、そのような要求から生み出された高性能機だった。

イレブン・ソキウスが乗るロング・ダガーは、そういった特別な機体の中で、高いスペックに加え、ある程度、量産性をも考慮《こうりょ》した作りになっていた。実際、ロング・ダガーに使用されている部品の半分以上がストライク・ダガーと共通であり、同一ラインで生産することが可能であった。

強化されたパイロットが多数戦場に投入出来るようになれば、すぐにでも、モビルスーツの生産はロング・ダガーの方に移されるはずだ。

このロング・ダガーの設計にも、アークエンジェルからもたらされたデータが活《い》かされていた。

ヘリオポリスで開発された五機のモビルスーツ、その中の一機、デュエルの特性が組み込まれているのだ。しかも、交戦データにより、もとのデュエルの設計にはない特性をも加えられていた。アサルトシュラウドだ。

その有用性を知った連合は、ロング・ダガーにも、同等の追加装備を持たせたのだ。フォルテストラ（強いドレス）と、名付けられた追加装備は、デュエルのそれと同じく、機体の防御力《ぼうぎょ》、推力、そして火力を大幅《おおはば》に上昇《じょうしょう》させる。

余談になるが、ロング・ダガーという名称《めいしょう》に決まった経緯《けいい》について、イレブンは技術者たちがあるウワサをしているのを聞いたことがあった。

ロング・ダガーは、まさにデュエルのコンセプトをそのまま引き継《つ》いだ機体であり、本来ならデュエル・ダガーと命名されるべきだった。

ところが、敵軍に奪《うば》われた兵器の名前を付けることに、軍内部に強い抵抗感《ていこう》があり、その結果、現在の名前に決まったというのだ。

ちなみに、ストライク・ダガーは、その逆らしい。バックウエポン・システムを持たない量産機にわざわざ〝ストライク〟の名を冠《かん》したのは、「唯一《ゆいいつ》自軍で奪われなかった機体にあやかったからだ」というウワサだ。

ウワサが真実なのかどうか、イレブン・ソキウスには興味がなかった。

名前で機体の性能が変わる訳ではない。ましてや、デュエルと付けたからといって、再び敵軍に奪われる運命が待っているとも思えない。現実主義者のコーディネイターにとって、名前などは、あくまでも便宜上《べんぎじょう》必要なものでしかないのだ。

「ロング・ダガー……ボクの機体」

イレブン・ソキウスが、この機体と出会ってから、まだ一ヶ月ほどしかたっていない。

しかし、試験のため搭乗《とうじょう》した時から、彼は、この機体が自分のためにあるような一体感を味わっていた。これから行われる戦闘実験《せんとう》、つまりは自分の処刑《しょけい》にも、この機体以外で臨《のぞ》むことは考えられなかった。

「ごめんよ、ロング・ダガー、キミまで巻き込むことになって」

愛機の中で、彼の心に自然とこみ上げてくるものがあった。本来なら、彼は、この機体を使って、ナチュラルのために戦うはずだったのだ。

ところが、新たに生み出された強化パイロットが、自分たちの代わりになろうとしている。

自分たちソキウスが、彼らより劣《おと》っているからではない。

彼らが、ナチュラルであり、薬物でコントロールされていて安全だから選ばれたのにすぎない。

「なんとか、ボクたちに活躍《かつやく》の場を与《あた》えてもらうことは出来ないのか……」

イレブンは、自分の考えが危険であることを自覚していた。自分を生み出したナチュラルが、ソキウスを不要と決めた以上、それに対し疑問を投げかけること自体、あってはならないことなのだ。

「ボクたち、ソキウスの心理コントロールは、やはり不完全なのか？」

自問してみるが、自分では分からない。

もし不完全なのだとすれば、ソキウスを処分することは正しいことになる。

　彼は、自問しながら、ロング・ダガーをバトル・フィールドに進めた。

　バトル・フィールドは、前の戦いで破壊《はかい》されたジンの残骸《ざんがい》がすっかり片づけられていた。

「今度は、骨のありそうなヤツだな」

「どんな機体に乗っていたって、ソキウスはソキウス。飼いならされた犬に違《ちが》いはないさ」

「……早く、やろう」

　戦闘は、すぐに開始された。

　的確で強力な攻撃《こうげき》が、つぎつぎとイレブン・ソキウスのロング・ダガーに襲《おそ》いかかる。

　それらをイレブンは、すべて避《よ》けてしまう。

　エイト・ソキウスに出来なかったことが、イレブンに出来たのは、単純に機体の性能差でしかなかった。当然のことながら、イレブンも、反撃することは出来ない。

「おしいな」

　敵である三機の動きを見て、イレブンは、心の中で呟《つぶや》いた。

　三機はモビルスーツとしての完成度は高い。操縦しているパイロットもナチュラルとは思えない操縦を見せている。

　しかし、いかんせん連携《れんけい》がなっていない。三機がもし連携して攻撃してきたら、イレブンでもここまで完全に攻撃を避けることは出来なかっただろう。

　三機の動きから、彼らが内心で競争意識を持っているのが分かる。だれもが自分が最後のとどめを刺《さ》そうとしていて、協力する気はまるでない。もし、二機が追い込み、最後の一機がとどめを刺すようにすれば、もっと効率は上がるだろう。

「もし、ボクたちソキウスが、戦場に出れたら……」

また、その思いがわき上がってくる。

目の前の三機を撃破すれば、自分たちソキウスの優秀《ゆうしゅう》さを認めなおしてくれるのではないか？

それはバカな考えだった。実行すれば、認められるどころか、結果はその逆になるだろう。ソキウスは、ナチュラルの敵という烙印《らくいん》を捺《お》されてしまう。

だが、このままでは……。

「なんとか……なんとか出来ないのか！」

イレブンが、叫《さけ》ぶ。

叫んだことに自分で驚《おどろ》いていた。しかし、戦場に起こった異変が一瞬《いっしゅん》で彼に冷静さを取り戻《もど》させた。

「これは……」

敵である三機の動きが突然《とつぜん》止まっていた。

理由は、イレブンにもすぐに分かった。強化パイロットに必要なγ―グリフェプタンが切れたのだ。彼らは、それを補充《ほじゅう》してやらねば生きていけない。薬物が切れると同時に、強烈《きょうれつ》な禁断症状《しょうじょう》に襲われ、モビルスーツの操縦どころではなくなるのだ。

「なんという、不完全な兵士なんだ……」

ソキウスは、率直《そっちょく》な感想を口にした。

彼らに、ナチュラルを守ることが出来るのか？　やはり自分たちソキウスが、ナチュラルのために働かなくてはならないのではないか？

そのためには、ソキウスの強さを証明しなくてはならない。

でも、どうやって？

「…………！」

突如《とつじょ》、イレブンの頭に一つのアイデアが閃《ひらめ》いた。

ソキウスは、コーディネイターと戦うために生まれたのだ。なにも、自軍のライバルと戦う必要はない。コーディネイターで最強と思われる人間を倒《たお》し、自分の実力を証明してやればいいのだ。

次の瞬間、イレブンは、自分でも信じられない行動に出ていた。

ロング・ダガーの強化された推力を活《い》かし、一気《いっき》にバトル・フィールドから出る。

戦いの前に、あらかじめ推進剤《すいしんざい》の量は減らされていたが、ソキウスの操縦テクニックがあれば、十分に補うことが可能だった。

バトル・フィールドを抜《ぬ》けると、整備施設《しせつ》だ。そこにはモビルスーツごと地上に出るための巨大《きょだい》なエレベーターがあった。

イレブン・ソキウスは、エレベーターに機体を滑《すべ》り込ませると、そのままエレベーターの天井《てんじょう》を打ち破って、エレベーターシャフトを昇《のぼ》っていく。これもロング・ダガーの性能があれば出来ることだった。エレベーター自体は、もう使用出来ないだろう。

「自分は脱走《だっそう》したのか？」

それは、許されない反逆だった。しかし、まるで他人事《ひとごと》のように感じられ、喜びも後悔《こうかい》もなかった。ただ、これで自分の力を証明出来る機会が手に入ったと思うと、うれしかった。

「やはり、ソキウスの心理コントロールは不完全なのか？」

もう一度自問してみる。やはり答えは分からない。

だが、脱走したのは自分のためでなく、ナチュラルのために働くためだという想《おも》いは間《ま》違《ちが》いなかった。

追っ手は、こなかった。

この基地に、現在、モビルスーツを追えるような存在はいない。

なんの抵抗《ていこう》を受けることもなく、施設の外に出たソキウスは、すぐにその場を離《はな》れた。

裏切るためでもない。

生き残るためでもない。

すべては、ナチュラルのためにやるのだ。

× × ×

――オーブ連合首長国。

南太平洋に存在する小さな島国だ。コロニー・ヘリオポリスの持ち主であり、中立という立場でありながら、地球連合に協力して五機のモビルスーツを開発した国でもある。

ここに叢雲劾を中心とする傭兵《ようへい》部隊サーペントテールのメンバーは集まっていた。

彼らは、オーブが地上で開発したモビルスーツ〝Ｍ１アストレイ〟のテストを依頼《いらい》されていた。

この機体は、ヘリオポリスで連合の技術を盗用《とうよう》して作られたＡＳＴＲＡＹシリーズの量産機であり、それはつまり劾の愛機ＡＳＴＲＡＹ《アストレイ》・ブルーフレームの量産機でもあった。

劾は、早い段階からブルーフレームを使用して、数々の戦闘《せんとう》任務を行ってきた。彼ほど、このＭ１アストレイのテストに適した人間はいないだろう。

劾は、依頼を受けるに当たって、金銭による報酬《ほうしゅう》の代わりにある条件を提示した。

彼が提示した条件もまた、ＡＳＴＲＡＹの母国であるオーブにしか出来ないものだった。

それは、ブルーフレームの改修作業だ。

劾は、ブルーフレームの性能に満足していたが、使い込むうちに幾《いく》つかの改良すべき点も見出《みいだ》していた。それらは、ブルーフレームを、より劾の使いやすい形へと改良するための改修だった。

オーブから依頼を受けた時、劾はまだ、連合の任務を完了《かんりょう》しておらず、いくつか片付けなくてはならない問題があった。

劾は、ロレッタの娘《むすめ》、風花・アジャーを自分たちに先行してオーブに向かわせた。

風花は、六歳の少女だったが、責任感と実行力を持っており、劾は、契約《けいやく》のすべてをこの少女に一任したのだ。

劾から自身が設計したブルーフレームの改修計画書と、オーブとの契約書を託《たく》された風花・アジャーは、単身オーブに渡《わた》ると、ASTRAY開発を担当していたモルゲンレーテ社のエリカ・シモンズ主任と面会した。

風花は、細かい条件のすり合わせに対しても、一歩も引くことがなく、エリカ・シモンズを大いに驚愕《きょうがく》させる。エリカは、風花と同年代の子供を持っており、その驚《おどろ》きは他《ほか》の人間より大きなものだった。

風花は、同時に当時オーブに寄港していたアークエンジェルとも接触《せっしょく》し、情報を収集している。これは、彼女の独自の判断によって行われた。

偶然《ぐうぜん》が彼女に味方し、その時、もう一体のASTRAYであるレッドフレームを持ったジャンク屋もオーブに寄港していた。彼らと行動を共にしたことで、修理中のアークエンジェルに接触することが可能となったのだ。

劾たちが、オーブにやって来た時には、すべては滞《とどこお》りなく進められていた。

「任務完了しました！」

劾に向かって、誇《ほこ》らしげに報告する風花に対し、劾はただ一言、「了解した」とだけ答える。

サーペントテールの他のメンバー、イライジャやリードは、「すごい、すごい」と風花の頭をなぜて誉《ほ》めたが、風花本人は、どんな誉め言葉よりも、劾の前で任務完了を報告出来たことが嬉《うれ》しかった。

オーブに入るとすぐに劾は、M1アストレイのテストを開始した。それは限りなく実戦に近いモノだった。模擬《もぎ》戦を繰《く》り返すことで、各種状況下《じょうきょうか》でのデータを収集したのだ。

その結果、分かったことは、M1アストレイは、機体性能にはほとんど問題がないということ。

OSも、ナチュラル用に最適化されており、高い完成度を持っていた。

実は、テストを引き受けるにあたり、劾が一番興味を持っていたのが、このOSについてだった。それは、アークエンジェルのキラ・ヤマトによって改良を加えられていた。

キラ・ヤマトの名前を劾が最初に知ったのは、宇宙要塞《ようさい》アルテミスの護衛任務を引き受けた時だ。

連合のモビルスーツを駆《か》る少年キラ・ヤマト。彼は、戦闘訓練を受けたことがない、ただの民間人であるにもかかわらず、ザフト軍のクルーゼ隊の追撃《ついげき》を何度も退けている。

傭兵《ようへい》をはじめとする戦いの世界で生きている人間は、こういった情報への嗅覚《きゅうかく》が鋭《するど》い。それは劾も例外ではなかった。キラ・ヤマトが改良したOSは、劾の好奇心《こうきしん》を大いに満足させるものだった。

機体には、ほとんど問題がないことが分かったM1アストレイだったが、それを操縦するパイロットの質はかなり低いと言わざるをえなかった。

これは、一にも二にも実戦経験の欠如《けつじょ》によるものだ。

劾は、M1アストレイのパイロットたちのために特訓メニューを作った。本来なら、劾本人が特訓につき合ってやれば良かったが、連合から受けた任務に新たな動きがあり、すぐにオーブを離《はな》れなくてはならなくなったのだ。

オーブを離れ連合の任務に戻《もど》った劾たちサーペントテールのメンバーは、再びジャンク屋のロウと出会うことになる。

「二機のASTRAYは、宿命で結ばれているのかね?」

イライジャが冗談《じようだん》まじりに言う。どうやら、イライジャは、ジャンク屋とちょくちょく出会うことを楽しみにしているようだ。

劾は、現実主義者であり、宿命というようなものを信じてはいなかったが、こうたびたび出会うとなると、なにがしかの力が働いていると思いたくなる気持ちも分かる。

同じ戦場に揃った、青と赤のASTRAYは、協力して任務にあたった。

そして、無事に任務を完了《かんりよう》するとサーペントテールのメンバーは、ジャンク屋たちと別れ、再びオーブへと戻った。

その直後、裏ルートのコネクションを使って劾に一通の手紙が届けられた。

差出人の名は、イレブン・ソキウス。内容は、劾への挑戦状《ちようせんじよう》だった。

×　　　×　　　×

劾たちが、再びオーブに戻ったころ、地上での連合とザフトの関係は、極度に緊張《きんちよう》状態にあった。

いよいよザフト軍によるパナマ侵攻《しんこう》が、開始されるのも時間の問題だと思われた。

しかし、中立国オーブは、表面上は平和であり、劾たちもひさびさに任務から解放されていた。

メンバーは、オーブのホテルの一室で思い思いにくつろいでいた。そこは、オーブでも最高級にランクされているホテルであり、装飾品《そうしょくひん》が豪華《ごうか》なのはもちろん、盗聴《とうちょう》などといったアンダーグラウンドの危険からも完全に守られていた。劾たちの宿泊場《しゅくはく》として、このような場所を用意したことから、オーブが、彼らの能力を高く評価していることが分かる。

「無事に、地上での任務も終わったな」

最初に口を開いたのはリードだった。

「後は、オーブに発注してるブルーの改修が上がれば地上に用はない。そっちも二、三日で片づきそうだし、そろそろ宇宙に戻ることにするか？」

リードが、メンバー全員の顔を見回す。もしこのまま地上に残っても、サーペントテールが仕事にあぶれる心配はないだろう。しかし、地上でのザフト軍の動きが活発になっている現在、タイミングを逃《のが》すと宇宙に上がる手段がなくなる可能性もある。

「そうね、そろそろ宇宙に戻るいい時期かもね」

頷《うなず》くロレッタの言葉に一番に反応したのは、風花だった。不満そうな表情だ。

風花は、地球に降りたら自分の名前の由来となった、「晴れた日に雪が降る現象」をぜひ見たいと思っていたのだ。しかし、地上に降りてから行った場所はパナマに、アマゾン、そしてオーブだ。どこも雪の降るような地域ではなかった。

「劾は、どう思う？」

イライジャが、劾の意見を聞く。

劾は、サーペントテールのリーダーであり、彼の意見は、メンバーの中でもっとも尊重される。

それまで、メンバーの話をだまって聞いていた劾が、静かに口を開く。

「ソキウス……という男から挑戦を受けた」

それは、質問に対する答えではなかった。メンバー全員の顔にとまどいの表情が浮《う》かぶ。

かまわず劾が話を続ける。

「オレは、この挑戦を受けようと思う。これは仕事じゃない。オレが個人的に戦いに行くだけだ。みんなは、付き合う必要はない」

「いったい、なぜ？」

イライジャが、ストレートに疑問を劾にぶつける。

傭兵《ようへい》とは戦いのプロだ。戦いは、趣味《しゅみ》でも遊びでもない。仕事なのだ。だからこそ、無《む》駄《だ》な戦いは極力避《さ》けようとする。劾はまさに傭兵の鑑《かがみ》とも言える男だ。その彼が、挑戦されたからといって、戦いに行くとは、普通《ふつう》なら考えられないことだ。

「その相手……ソキウスか？　聞いたことない名だな」

リードが首を捻《ひね》る。彼は、メンバーの中でも特に情報収集能力に長《た》けている。彼にしてみれば、自分が知らない名前が出ること自体屈辱《くつじょく》と感じているようだ。

「詳《くわ》しくは分からない……だが、どうやら、戦闘《せんとう》用に連合が作ったコーディネイターらしい」

「連合の……戦闘用コーディネイターだって⁉」

イライジャは、劾に嚙《か》みつきそうな勢いだ。

「ますます分からない。なんで、そんなヤツと戦うんだよ。『傭兵は危険に見合う報酬《ほうしゅう》がなくては、動いてはいけない』。これは、オレが劾から教わったことだ。おかしいぜ、劾！」

イライジャの言葉に、他《ほか》のメンバーも無言で頷いた。

明らかに劾の対応は、おかしい。何かを隠《かく》している。

「ソキウスは、コーディネイター最強のパイロットと戦うことを望んでいる」

劾は、傭兵だ。良い条件で仕事を受けるためには、自分の能力の高さを売り込むことも必要だ。したがって、最強のコーディネイターを探そうとすれば、劾の名前が上がるのは、不思議なことではなかった。しかし、それが戦う理由と直接結びつく訳ではない。

「まあ、落ち着いて、イライジャ」

ロレッタが興奮気味のイライジャをなだめる。ロレッタの側《そば》では、娘《むすめ》の風花が、少し怯《おび》えたような表情でイライジャを睨《にら》んでいた。

ロレッタの言葉と風花の視線を受けて、イライジャは、自分の対応を恥《は》じた。こんなに興奮するなんて、それこそ傭兵として失格だった。傭兵は、どんな時でも冷静に対応しなくてはならないのだ。

「劾、まさかとは思うけど、もし万が一、あなたが負けるようなことがあれば、サーペントテールの名前そのものにキズが付くことになるわ。それは、私たちにとっても困ることよ」

「分かっている。無論、オレも負けるつもりはない」

ロレッタは、真剣《しんけん》な表情で劾の目をじっと見つめている。そこから何かを読みとろうとしているかのようだ。やがて……、

「いいわ、分かった」

ロレッタの表情が緩《ゆる》む。はたして、オレンジ色のサングラスの奥に彼女は何かを見つけたらしい。

「劾、あなたを信用する。みんな、私は劾に協力するわよ」

「これは、オレの戦いだ。協力は不要……」

劾の言葉をロレッタが手をかざして遮《さえぎ》る。

「やめて。あなたが、自分の自由で戦いを選んだように、私も自分の自由で協力させてもらうわ。あなたが負けたら、サーペントテールは終わりなのよ。そういう意味では、この戦いは私たちの戦いでもあるの」

　ロレッタは、いたずらっ子のように微笑《ほほえ》むと、他のメンバーの方を向いて続けた。

「そう、私たちの戦い」

「それって、オレたちも協力するってことかよ？」

　リードが、あきれ顔で突《つ》っ込む。

「当然でしょう」

「オレは、イヤだぜ」

　イライジャは、完全に意固地になっているようだ。彼には、こうした子供っぽいところがある。

「あらそ」

　ロレッタは、イライジャを引き留めようとはしなかった。

　それが、ますますイライジャを苛立《いらだ》たせる。

「どうせ、『イライジャは戦うのが怖《こわ》いの？』とか言って、オレを乗せようという作戦なんだろ？　そんな使い古された手に乗るかよ」

「そんなこと言わないから、安心して、イライジャ」

「いいのかよ、本当に協力しないぜ」

「ええ。でも、あなたは、劾の今回の行動が気に入らないのでしょ？　傭兵として正しいのは自分だと思ってる。そうよね？」

「だったら、間違《まちが》った選択《せんたく》をした劾がどうなってしまうのか、見届けなさい。そうして初めてあなたが正しかったと証明出来るわ」

「ああ」

「えっ……」

「そうでしょ？」

「う～ん」

ロレッタは、イライジャが本当は劾と共に行動したがっていることを見抜《みぬ》いていた。後はイライジャのことも立ててやれば、口説き落とすのは簡単だ。

「しかたない、一緒《いっしょ》に行くか……でも、戦いには加勢しないからな」

「もちろんよ」

ロレッタが満面の笑《え》みで答える。

彼女の腕《うで》の中では、風花が、二人のやり取りを理解した上でニヤニヤしている。

それを見て、リードは、この娘が母親からあらゆることを学び取っていることを知った。

このまま大人になったら、いったい風花は、どんな話術で男どもを手玉にとるのか……。

リードは、頭を抱《かか》えずには居られない。

「分かった。来たいヤツを止める権利はオレにはない」

最終的に、劾もみんなが付いてくることを承諾《しょうだく》する。

だが結局、劾は、なぜソキウスの挑戦《ちょうせん》を受けることにしたのか、その理由については口にしなかった。

×　　×　　×

ソキウスが、劾との戦いの場所に指定してきたのは、ヨーロッパの山奥にある廃墟《はいきょ》となった町だった。

そこは、戦略的には、まったく価値のない場所にあり、長い間戦争とは無縁《むえん》だった。ところが、皮肉な偶然《ぐうぜん》から、この町で、地球連合とザフト軍の部隊が鉢合《はちあ》わせることになる。両軍ともに小規模な部隊だったが、この平和な町を廃墟に変えるのには十分すぎた。

現在では、町には、だれも住んでいない。

ただ、戦いの爪痕《つめあと》が刻まれた建物が幾《いく》つも残されているだけだ。

劾は、ブルーフレームでソキウスが指定した時間にその町に現れた。

日は、昇《のぼ》ったばかりだったが、日差しはほとんどない。この時期には珍《めずら》しい厚い雲が上空に広がっている。それはまるで、これから繰《く》り広げられる激しい戦いを、人々の目から覆《おお》い隠《かく》すため準備されたかのようだ。

雲の合間から降り注ぐ、微《かす》かな日差しを受けて、ブルーフレームの白い装甲《そうこう》が鈍《にぶ》く輝《かがや》く。ブルーフレームにほどこされた装備は、極《ごく》ノーマルなものだ。つまり、手持ち武器はシールドとビームライフルのみ。

ASTRAYシリーズは、作戦に合わせて、背中に追加装備を付けることと、頭部を交《こう》換《かん》することが可能だったが、今回は頭部もノーマル、背中にはなにも追加していない。

劾がノーマル装備を選んだのには、理由があった。

敵がどのような戦略を考えているかは分からないが、戦う場所と時間を相手が指定した以上、トラップの存在を考えなければならない。

トラップに対処するには、重装備ではなく、極力機体を軽くし、予想外の事態に迅速《じんそく》に対処出来るようにしておく必要がある。このような状況《じょうきょう》では、特定の機能に特化した装備をすることは、命取りになりかねない。

その点、ノーマルの装備は、柔軟《じゅうなん》性にとんでいる。

本来なら、オーブに発注していた改修パーツが完成してから戦いに臨《のぞ》みたい所だったが、時間も敵から指示されているとなれば、どうすることも出来なかった。

サーペントテールのメンバーのうち、もう一人のモビルスーツ・パイロットであるイライジャは、隣《となり》の町で待機している。

メンバーの中では、ロレッタだけがここに来ていた。もともとリードや風花は、いつも直接戦闘《せんとう》に参加しない。

ナチュラルであるロレッタは、モビルスーツを操縦することは出来ないので、代わりにパワードスーツの〝グティ〟を着ていた。これは先日、アマゾンの任務でも使用した装備で、全身を覆う装甲に加え、足にクローラーが装着されており、どんな悪路も自由に走破することが可能だった。身長も二メートルほどで小回りが利《き》く分、モビルスーツとは違った運用が出来る。

ただし、戦闘力では、モビルスーツに劣《おと》る。劾は、ロレッタに戦闘ではなく、別の指示を出していた。それは、この戦いの命運を握《にぎ》る可能性がある重要な任務だった。


「キミが、叢雲劾か……？」

突然《とつぜん》、敵から通信が入る。それは、劾が予想していたよりも、若い声だった。

声だけで、敵を判断するのは危険だ。特に敵の年齢《ねんれい》はあまり重要な要素ではない。モビルスーツの操縦に年齢は関係ないのだ。

「そうだ。オレが劾だ」

劾は、感情を押し殺した声で答える。敵に情報を与《あた》えないようにするために、そうした訳ではない。ただ長年の習慣が彼にそうさせたのだ。

「まず、ボクの挑戦を受けてくれたことに感謝する。キミへの挑戦状に書いたとおり、ボクは、自分の有用性を証明して、連合軍に戻《もど》らねばならない。そのためにキミにも協力して欲しい。ところで、キミは、連合の仕事で地上に降りてきたと聞いている。その仕事は終わっているのか？」

「ああ、先日終わらせたばかりだ」

「よかった。もし連合の仕事の最中だとしたら、ボクはキミを殺すことが出来ない」

その会話は、ソキウスが、連合によって心理コントロールを受けていることを示していた。劾には、それがこれから行われる戦闘にどんな影響《えいきょう》を与えることになるのか、予想も付かなかった。一つの情報として、劾は、それを心の中にメモしておく。

「戦いに入る前に、もう一つ確認《かくにん》したいことがある」

「なんだ？」

「キミは、コーディネイターで最強のパイロットだと言われている。それは本当か？」

一瞬《いっしゅん》、ストライクのパイロット、キラ・ヤマトのことが頭をよぎる。彼と自分が戦ったら、どちらが強いのだろうか……。しかし、すぐにその考えを捨てる。今は関係ないことだ。

「……分からないな。オレは、すべてのコーディネイターと戦ってみた訳ではない」

「今までにコーディネイターと戦って負けたことは？」

「ない」

「それで十分だ」

「では、始めるか？」

「いや、もう始まってるよ」

その言葉を聞き終わる前に、劾は、ブルーフレームを移動させていた。


ドガガガガ！


ブルーフレームが立っていた場所で、大きな爆発《ばくはつ》が起こる。やはりトラップがあるようだ。瞬時に移動していなかったら、爆発に巻き込まれていただろう。

劾は、町の地図を、あらかじめ頭に叩《たた》き込んでいた。

ただし、それは公《おおやけ》になっている情報であり、その後、どのように変えられているのか分からない。当然ながらトラップが仕掛《しか》けられている場所も不明だ。もちろん、戦闘のセオリーに照らし合わせて、トラップを仕掛けられている可能性が高い場所は特定出来る。

町には、小規模ながら下水設備があった。ここは一番危ないポイントになる。もし、地下に走る下水道にでも落とされようなら、著《いちじる》しく行動を制限されることになる。

町の中では、レーダーは、まったく用をなさなかった。ニュートロンジャマーの影響化とはいえ、これほど強力にジャミングされることはない。おそらく、レーダー攪乱《かくらん》のために、何か策をうっているのだ。

「ということは、こちらにレーダーを使われたくないということか……」

大型のトラップが設置されている可能性がある。もちろん、別の理由かもしれないが……。

劾は、ブルーフレームを素早《すばや》く移動させると、目の前の崩《くず》れかかった建物の陰《かげ》に入れる。

五階建てのその建物は、表面はレンガ作りのように見せているが、実際は鉄筋コンクリートの建物だった。崩れた壁《かべ》の一部から、鉄筋が顔を出している。

建物の陰にブルーを滑《すべ》り込ませると、劾は、壁に注目した。

そこには、落書きのような記号がかかれている。劾以外の人間が見ても、その記号からいかなる意味も見出《みいだ》せないだろう。

「よし」

それは、パワードスーツで町に入っているロレッタが書いたものだった。

彼女は、小回りの利《き》くパワードスーツで、町の中を移動しながら、トラップの有無など、今現在の生きたデータを劾に知らせてくれるのだ。

この建物の壁に書かれた記号の意味は「ビル内にトラップ」ということを示していた。

簡単な記号のため、さすがにトラップの種類までは、示されていない。

劾は、ゆっくりとブルーフレームの頭部のメインカメラを建物の中に向ける。

良く見ると、建物の一つの壁に装甲板《そうこうばん》らしきモノが埋《う》め込まれているのが分かった。ブルーフレームを隠《かく》している壁とちょうど対《つい》になる壁だ。

うまく隠してあるが、そこにトラップがあるのを知っていれば、見つけるのは容易《たやす》い。

この壁は、トラップとしては、かなり面白《おもしろ》いものだ。

まずシールドの代わりに身を隠すのに使える。さらに、いざという時には敵をここに追い込み、格闘戦《かくとうせん》で、壁に激突《げきとつ》させることも可能だ。

通常、モビルスーツのパワーがあれば、鉄筋コンクリートの建物ぐらいは、無視して突《つ》き進むことも出来る。

もし、なにも知らずにこの壁を突き抜《ぬ》けようとすれば、激しく装甲板と激突することになり、機体の駆動系《くどうけい》に深刻なダメージを受けることになるだろう。

劾は、このトラップを逆手に取り、最大限に利用することにした。

敵は、この壁に装甲が埋め込まれていることを知っている。だとすれば、装甲ごしには絶対に攻撃《こうげき》してこないだろう。つまり、ここにいるかぎり、敵が攻撃してくる方向を限定することが出来るのだ。

「持久戦といくか……」

レーダーには、相変わらず何も映らない。

劾は、ブルーフレームの左手の人差し指を伸《の》ばすと、壁の外に出した。

人間と違《ちが》いモビルスーツには、あらゆる場所に目《カメラ》がある。

本体を壁に隠し、指先だけで、敵の動きを探《さぐ》る。

そして、六分が経過した時、指先のカメラが敵の影を捕《と》らえた。

劾は、躊躇《ちゅうちょ》なくビームライフルを発射する。

正確に狙《ねら》った訳ではない、捕らえた影から敵の位置を推測して撃《う》つ。

立て続けに三発、放つ。

うち一発は壁越《かべご》しの射撃《しゃげき》となった。

装甲を組み込まれていない壁の一部が、綺麗《きれい》に円形にくり抜かれる。

「……手応《てごた》えなしか」

ビームがもし敵にかすりでもすれば、なんらかの兆候が感じられたはずだ。それがない。

再び持久戦に入ろうとした瞬間《しゅんかん》、劾は今まで戦場で感じたことのない驚愕《きょうがく》に襲《おそ》われる。

突然《とつぜん》、背後からミサイルで攻撃されたのだ。

ありえないことだった。前方にいた敵が一瞬で背後に回るなど。敵が無傷だったとしても、物理的に無理だ。

「くっ!」

劾は、すばやくブルーフレームを振《ふ》り向かせると、左手につけたシールドで地面の土をすくい上げた。同時に建物の陰からブルーを移動させる。

ガガガガッ！

ミサイルは、空中でシールドによってはね上げられた土にあたり爆発《ばくはつ》してしまう。シールドで受けても良かったが、装甲の薄《うす》いブルーフレームは、シールドを失う訳にはいかなかった。特に敵がビームを使用してきた場合、対ビームコーティングされたシールドを持つことは、重要なファクターとなる。

ブルーフレームを移動させながら、劾は相手の動きを読もうとした。

さきほどビームを打ち込んだ場所から、ミサイルが発射されたと思える位置までは、約三百メートル。この距離《きょり》を自分に気づかれずに移動するなど、無理な話だ。

ミサイルは、もともと仕《し》掛《か》けてあった無人コントロールのモノとも考えられる。

「なんともやりにくいものだ」

明らかに戦場の優位は、敵が持っている。

「しかたない。こちらのやり方を通させてもらうか……」

劾は、建物の陰に隠れる作戦を放棄《ほうき》することにした。

トラップは、基本的にモビルスーツが立ち止まりそうな所にしかけてあるはずだ。

だとすれば、建物の陰が一番危ないことになる。すくなくとも、開けた場所なら、敵の攻撃に瞬時に対処し、かわすことが可能になる。戦場が相手のコントロール下にある以上、劾にとれる選択肢《せんたくし》は、身を隠《かく》し攻撃させないようにするのではなく、攻撃させ、位置を特定することだった。

劾は、ブルーフレームを町の中央の広場に立たせた。

それは、一種の賭《か》けに近い。普通《ふつう》ならこんな作戦を選んだりしない。

だが、劾には、それを可能にするだけの能力があった。ブルーフレームは、他《ほか》のモビルスーツにない特徴《とくちょう》がある。極限まで装甲《そうこう》を減らした機体は、通常のモビルスーツの半分ほどの重量しかない。

これは、スピードをアップさせるだけでなく、稼働《かどう》時間を長くする効果もあった。

広場に立ったことで、敵はどこからでもブルーフレームを見ることが出来るだろう。同時に劾の方も、町全体を見渡《みわた》すことが出来る。同じ条件なら、スピードの速い劾の方が有利だ。

「大胆《だいたん》だね。まさかそんな行動に出るなんて、思ってもみなかったよ」

広場にブルーフレームを立たせるとすぐに、ソキウスから通信が入る。声からは、動揺《どうよう》のようなものは感じられない。それよりも、この戦いを楽しんでいるかのようだ。

「しかし、戦闘《せんとう》では、相手の意表をついて勝とうなんて、バカのやることだよ」

「その通りだな。だが、オレは、勝算もなくこんなことをしたりしない」

「なるほどね。その自信、確かめてみよう」

その言葉と同時に、ブルーフレームの左側の建物を貫《つらぬ》いて砲弾《ほうだん》が飛んでくる。電磁的に速度を速めたリニアキャノンだ。

音速より速いその弾《たま》に劾は瞬時に反応した。とっさにブルーのシールドを斜《なな》めに構《かま》えると、その弾を受け流す。弾は、シールドの表面を滑《すべ》るように走り抜《ぬ》け、反対側の上空へと消える。

次の瞬間、ブルーフレームは走り出していた。

劾は、この一撃を待っていたのだ。

たった一発でいい。それさえ受けきれば、敵の場所が明らかになる。もし攻撃《こうげき》の後、敵が移動したとしても、軽量のブルーフレームより速く移動するのは、絶対に不可能だ。


ズガン、ズガン！


走るブルーフレームに対し、つぎつぎと攻撃が加えられる。

普通なら、攻撃を避《さ》けるために機体のスピードが落ちるところだが、劾の操縦するブルーは、まったくスピードが落ちることはなかった。それどころか、敵の方は攻撃のためにスピードを出すことが出来ず、結果として距離が詰《つ》まっていく。

敵が斜めに下がる。そのまま建物の陰《かげ》に消える。しかし、攻撃は続けていたので、そのまま建物に攻撃が当たり崩壊《ほうかい》しはじめる。

劾は、目の前に迫《せま》った崩《くず》れ落ちようとしている建物に躊躇《ちゅうちょ》なく突《つ》っ込んだ。直前にロレッタの記号を見て、そこにトラップがないのは分かっている。

劾は、自分の感覚が研《と》ぎ澄《す》まされていくのを感じていた。崩れ落ちていくビルの破片《はへん》が止まって見える。そのままビルの残骸《ざんがい》が完全に崩れ落ちる前に、ブルーフレームは、反対側に抜けていた。

そこに、そいつはいた。

「ソキウス！」

「……劾！」

敵にあきらかな動揺が見える。普通、自分の攻撃した弾道から敵が現れることはない。弾道上にいたのなら、倒《たお》しているはずだ。その常識を打ち破り、劾は目の前に現れた。

ソキウスの乗った機体は、劾のブルーフレームとは、対照的なモノだった。

全身を見るからに重そうな装甲で包み込み、両肩《りょうかた》にリニアキャノンとミサイルポッドを付けている。おそらく、強力な推力を搭載《とうさい》することで、無理矢理機動力を上げているのだろう。

機体のカラーは赤を基本としており、その点でも青いブルーフレームとは、対照的だっ

く。

一瞬《いっしゅん》で観察を終えると、劾は、ビームライフルを捨て、背中のビームサーベルを引き抜いた。

ビームライフルは、絶対的な破壊力《はかい》をもった兵器だったが、モビルスーツ同士の戦い、それも接近戦では、あまり効果的な武器とはいえなかった。

発射には、コンマ何秒かのタイムラグがある。また、向けた銃口《じゅうこう》から、危険なビームの通るエリアが簡単に予測されてしまう。もちろん、それは最高級の兵士を相手にした時だけの話だったが、目の前の敵は、まさにそうした敵だ。

敵が、即座《そくざ》に反応しシールドを構える。あの巨体《きょたい》では、サーベルの攻撃を避けることは出来ないのだろう。基本は受けきることになる。

劾は、振《ふ》り下ろすビームサーベルの軌道《きどう》を大きく変え、シールドを避ける。が、サーベルが敵に当たることは無かった。振り切る直前、閃光《せんこう》が劾の目の前に広がる。

「何っ！」

光を突き破《やぶ》り、敵が飛び出してくる。

ガシャン！

体当たりだ。衝撃《しょうげき》にブルーフレームが揺《ゆ》れる。

「くはっ！」

劾の肺から、空気が絞《しぼ》り出される。頭を激しく揺さぶられ一瞬、意識が途切《とぎ》れそうになる。

劾は、途切れそうになる意識を必死で引き留めながら、ブルーフレームを一歩引かせて、敵との距離《きょり》を取る。

目の前には、さきほどまでとは違《ちが》う敵が立っていた。

「アーマーを……捨てたのか」

敵は、全身を覆《おお》っていた装甲《そうこう》と武器を脱《ぬ》ぎ捨《す》てていた。すでにシールドも持っていない。代わりに腰《こし》に装備されていたビームサーベルを抜き放っている。

そして、ブルーが引いた分だけ、瞬時に敵が踏《ふ》み込んでくる。

思い切った攻撃だった。シールドを捨てるということは、相手のビームサーベルを受ける手段がない。敵は、スピードを上げることで、ブルーの攻撃はすべてかわすつもりなのだ。それはまさに、さきほどまで劾がやっていた、戦い方だった。

「ちっ！」

劾も、すぐさまシールドを投げ捨てる。

相手の動きは若干《じゃっかん》だがブルーフレームを上回っている。おそらく機体が軽いだけでなく、推力そのものが、ブルーフレームより大きいのだ。

つぎつぎと繰《く》り出されるビームの刃《やいば》が、ブルーフレームの装甲を削《けず》り取る。

深刻なダメージは、受けていなかったが、明らかに追いつめられている。

少しでも攻防《こうぼう》のタイミングが狂《くる》えば、致命傷《ちめいしょう》を受けることになる。

その時、突然《とつぜん》、ブルーフレームの膝《ひざ》が折れる。

敵は、そのチャンスを見逃《みのが》さなかった。

すぐにサーベルを振りかざす。

だが、それは劾の仕掛《しか》けたワナだった。態勢を崩したように見せかけて、敵の攻撃《こうげき》を誘《さそ》ったのだ。

大きく振りかぶったビームサーベルをかいくぐり、ブルーフレームが敵の懐《ふところ》に飛び込む。

「勝った」

そう劾が思った瞬間だった、突然の衝撃が機体を襲《おそ》う。

「何っ！」

すぐに背後のカメラに視線を移すと、そこには、もう一体の敵が立っていた。こちらはまだアーマーを装着したままの姿だ。

「二体いたのか……」

劾は、敵が一体であると思い込んでいた自分の愚《おろ》かさに気づいた。これで、敵が瞬時に移動した理由も分かる。

だが、敵の秘密が分かったところで、劾には、もうどうすることも出来なくなっていた。

背後からの直撃でバックパックを破壊されたブルーフレームは、さきほどまでのスピードを完全に失っている。

劾は、なんとか態勢を整えようとしたが、どうにもならない。

前後から、つぎつぎと機体に衝撃が加わる。だんだんと、意識が朦朧《もうろう》としてくる。

ブルーフレームは、攻撃に耐《た》えきれなくなり、そのまま地に伏《ふ》せてしまう。

「終わりだ劾。これでボクたちソキウスは、その能力を証明出来るよ」

劾は、薄《うす》れ行く意識の中で、ソキウスからの通信を聞いた。

ブルーのコクピットのモニターは、どれも真っ赤にそまっていた。それが自分が流した血であることに劾は気づき驚《おどろ》いた。

真っ赤なモニターの中では、二機のモビルスーツが勝ち誇《ほこ》ったように立っている。

「…………」

劾は、ソキウスに対し何かを言い返そうとしたが、その口から言葉がつむぎ出されることはなかった。代わりに、大量の血が噴《ふ》きこぼれる。

「キミには、感謝する」

ソキウスのモビルスーツが、銃口をブルーフレームのコクピットに向けた。

その時だった、そこにソキウスたちも予想しなかったモノが飛び込んでくる。

二メートル強の人型兵器。ロレッタのパワードスーツだ。

「なんだ、これは？」

パワードスーツには、サーペントテールのマークが入っている。機体番号は「3」。それは、サーペントテールでのロレッタの機体番号だった。

「ロレッタ……アジャーか!?」

明らかにソキウスたちの間に動揺《どうよう》が走る。

彼らには、ロレッタを攻撃することが出来なかった。彼女はナチュラルなのだ。

ロレッタは、ブルーフレームとソキウスたちの間に立ちはだかる。

「……まあいい、勝負はついている」

「そうだね。証拠《しょうこ》だけもらっていこう」

ソキウスたちは、ビームサーベルでブルーフレームの首を切断した。彼らは、その首を劾を倒《たお》した証明にしようというのだ。

ブルーの首を切り落としたソキウスは、その場を立ち去った。

さきほどまで戦場だった廃墟《はいきょ》には、パワードスーツのロレッタと、首を失ったブルーフレームが残されていた。

「劾、しっかりして、劾！」

ロレッタは、すぐにブルーフレームのコクピットに通信を送ったが、劾からの返事はなかった。

彼女は、最悪の事態を予想し、背筋が冷たくなるのを感じた。

あとがき

ガンダムの外伝は数々ありますが、『ASTRAY』は、本伝である『SEED』と同時に展開されたはじめての作品です。また、外伝でありながら、二人の主人公を中心に四つの雑誌で展開されています。掲載誌《けいさいし》は、以下のとおり。

◯「ザ・スニーカー」（角川書店・偶数月《ぐうすうづき》30日発売）、劾《ガイ》の小説（本作）。

◯「電撃《でんげき》ホビーマガジン」（メディアワークス・毎月25日発売）、劾の物語を模型を使ったフォトストーリーで展開。

◯「ガンダムエース」（角川書店・毎月26日発売）、ジャンク屋の少年ロウを中心としたコミック。劾も準主役として登場する。

◯「少年エース」（角川書店・毎月26日発売）、ジャンク屋ロウのコミック。

どの作品も独立しており、単独でも楽しめますが、合わせて読んでいただけると、より面白《おもしろ》く読めるように工夫《くふう》しております。

『ガンダム』という作品は、大量の設定を用意して作り出されています。それらの中には、画面上では、一瞬《いっしゅん》しか出てこなかったり、まったく説明されることなく終わってしまうモノも多数あります。一見すると説明不足のようにも感じられますが、「物語を見せる」ことを一番に考えた場合、説明をあえてしないことも必要なのです。

ですが、本作では、それらを徹底《てってい》的に取り込《こ》ませて貰《もら》いました。

理由はひとつ。「もったいない」からです。

私はサンライズでの打ち合わせのたびに「えっ、そうなんですか！」と何度も驚《おどろ》き、その隠《かく》し設定（いや、わざと隠した訳ではないので、埋《う》もれ設定かな？）に震《ふる》えました。「この感動をSEEDファンに伝えたい！」そんな思いから、本作は、必要以上に設定記述が豊富になっております。いや、マジにみなさんも驚愕《きょうがく》してください。

本作を執筆《しっぴつ》するにあたっては、本当に多くの方の力をお借りしております。本伝アニメのスタッフの方はもちろん、他の『ASTRAY』作品の作家の方々にも、多大なご協力をいただきました。今回は、特に以下のお二人にお礼を言いたいと思っております。

それは私の嫁《よめ》さんと、漫画《まんが》家《か》のときた洸一《こういち》先生の奥様です。お二人には、風花関係で大変にお世話になりました。お二人がいなければ、六歳《さい》の女の子の物語は、私には書けなかったでしょう（あらゆる意味で風花は、三十過ぎの男の私から遠い存在なので）。

そうそう、ときた先生の奥様には、男同士の友情関係にも、いろいろアドバイスいただきました。いや〜、著者にそのつもりがなくても、そんな風に読めるモノなんですね〜。

千葉　智宏《ともひろ》

解説

のっけから私事で恐縮《きょうしゅく》ですが、私の手元に二〇〇二年五月一日のタイムスタンプを持つ、「設定メモ1」と素っ気なく題されたテキストファイルがあります。この小さなファイルは、『機動戦士ガンダムSEED《シード》』の外伝を構築するに当って作られた最初のアイデアメモです。そこには、こんなことが書いてあります。

○「オーブ＝ヘリオポリス」が地球連合の情報を不正に入手して開発・建造していた2機（あるいはそれ以上）のモビルスーツ。相転移装甲《そうこう》機能はない。
○ヘリオポリス崩壊《ほうかい》時に、人知れず流失。
○ヘリオポリス崩壊後に、ジャンク屋チームによって回収される。
○1機はジャンク屋チームの所有に。もう1機は傭兵《ようへい》部隊に売却《ばいきゃく》される。

以下、キャラクターの出自や、状況《じょうきょう》に関するアイデアなどが思い浮《う》かぶまま好き勝手に書き連ねられています。当然のことながら、ストーリーについては一切《いっさい》触《ふ》れられていません。それがこうして一冊の本になったということは、さながら、嫁《よめ》に出した芋虫《いもむし》が華麗《かれい》な蝶《ちょう》になって帰ってきたような気分、とでもいえばおわかりいただけるでしょうか。

ASTRAYは、重層的なメディア展開をおこなっています。ブルーフレームを操《あやつ》る傭兵の劾《ガイ》、そして本書にも何度か顔を出している、レッドフレームに乗るジャンク屋のロウ。この二人を中心に、小説としての本作のほか、「少年エース」「ガンダムエース」両誌でのコミック展開、それに「電撃《でんげき》ホビーマガジン」誌上でのジオラマ・ストーリー展開が現在も続いています。さらにＡＳＴＲＡＹ全体が、ＴＶ版ＳＥＥＤと相互《そうご》補完をなす構造を持っています。こうした点で、本書はいわゆるノベライゼーションとは一線を画すものといえるでしょう。これらをまとめ、一本の物語にあざない上げる著者の技《わざ》はなまなかのものではありません。なにしろコミックの原作、ジオラマのストーリーもすべて千葉氏一人で書いているのですから！

それにしてもファイルの日付を見るとたった一年ちょっと前のことなのに、もう大昔のことのような気がします。このメモを作ったときにはまだ、後にＡＳＴＲＡＹと呼ばれることになるモビルスーツを、ＴＶ版ガンダムＳＥＥＤの主役機であるストライクのプロトタイプに位置付けていたんだっけ……思えば遠くに来たもんだ。本書が刊行されるころ、ＴＶシリーズのガンダムＳＥＥＤは佳境《かきょう》を迎《むか》えていることでしょう。しかし劾たちの冒険《ぼうけん》、そしてＡＳＴＲＡＹの物語はまだまだ続いていきます。つまり我々スタッフの仕事もまだ終らないわけで、旅路の果ては遥《はる》か彼方《あちら》に霞《かす》んで見えます。千葉さん、お互《たが》い燃え尽《つ》きるまで頑張《がんば》りましょう。

森田　繁《しげる》（特殊《とくしゅ》設定家）

ブルーフレーム

ある日　劾が
新型のモビルスーツで帰ってきた
アストレイ
ブルーフレーム
マークつけた
かっこいい〜どうしたの?
もらった
え?誰から?
知らないヤツだ
知らない人からモノもらっちゃいけないんだよ
きっとあとで高くつくわよ
風花するどい!

KAZAHANA 風花日記 NIKKI

アタシにはハンデがある
第１に　ナチュラル
第２に　女
第３に　子供
第４に　**主役じゃない！**

のびのび牛乳

この４コマでは風花が主役だよ♪

ときた洸一

傷の想いで

イライジャどうして傷を消さないの?
いましめさ
自分の過ちで付いた傷を見て
二度と悲劇を起こさないように誓うんだ
これは皿を割ってつけた傷
これは猫と友達になろうとしてひっかかれた傷
それから——
えーっと…
もういいよ
ぬぐなよ

男の判断

いいだろうその依頼
引き受けさせてもらおう
悪いがこの話は無しだ
オレは帰る
オレはこの挑戦をうける
オレの戦いだ協力は不要だ
つまりね 男って自分勝手な生きものなのよ
おぼえておくのよ風花
ふーん
よくわかんないけど

コミックス版ASTRAYもよろしくね♪

《初出》

「ザ・スニーカー」２００２年12月号～２００３年8月掲載

機《き》動《どう》戦《せん》士《し》ガンダムSEED《シード》
ASTRAY《アストレイ》①

原作/矢立《やたて》 肇《はじめ》・富野由悠季《とみのよしゆき》

著/千葉智宏《ちばともひろ》(スタジオオルフェ)

角川文庫 13058

平成十五年 九月 一日 初版発行
平成十六年十一月二十五日 七版発行

発行者——井上伸一郎

発行所——株式会社角川書店
東京都千代田区富士見二—十三—三
電話 編集(〇三)三二三八—八六九四
営業(〇三)三二三八—八五二一
〒一〇二—八一七七
振替〇〇一三〇—九—一九五二〇八

印刷所——暁印刷 製本所——千曲堂

装幀者——杉浦康平

S 0-61 ISBN4-04-429701-0 C0193

角川文庫発刊に際して

角川源義

第二次世界大戦の敗北は、軍事力の敗北であった以上に、私たちの若い文化力の敗退であった。私たちの文化が戦争に対して如何に無力であり、単なるあだ花に過ぎなかったかを、私たちは身を以て体験し痛感した。西洋近代文化の摂取にとって、明治以後八十年の歳月は決して短かすぎたとは言えない。にもかかわらず、近代文化の伝統を確立し、自由な批判と柔軟な良識に富む文化層として自らを形成することに私たちは失敗して来た。そしてこれは、各層への文化の普及滲透を任務とする出版人の責任でもあった。

一九四五年以来、私たちは再び振出しに戻り、第一歩から踏み出すことを余儀なくされた。これは大きな不幸ではあるが、反面、これまでの混沌・未熟・歪曲の中にあった我が国の文化に秩序と確たる基礎を齎らすためには絶好の機会でもある。角川書店は、このような祖国の文化的危機にあたり、微力をも顧みず再建の礎石たるべき抱負と決意とをもって出発したが、ここに創立以来の念願を果すべく角川文庫を発刊する。これまで刊行されたあらゆる全集叢書文庫類の長所と短所とを検討し、古今東西の不朽の典籍を、良心的編集のもとに、廉価に、そして書架にふさわしい美本として、多くのひとびとに提供しようとする。しかし私たちは徒らに百科全書的な知識のジレッタントを作ることを目的とせず、あくまで祖国の文化に秩序と再建への道を示し、この文庫を角川書店の栄ある事業として、今後永久に継続発展せしめ、学芸と教養との殿堂として大成せんことを期したい。多くの読書子の愛情ある忠言と支持とによって、この希望と抱負とを完遂せしめられんことを願う。

一九四九年五月三日

ZEONIC FRONT
MOBILE SUITE GUNDAM 0079
ジオニックフロント 機動戦士ガンダム0079
著/林譲治 原作/矢立肇・富野由悠季
全2巻
イラスト/臼井伸二(BEC)・木下ともたけ・小笠原智史
©創通エージェンシー・サンライズ ©BANDAI2001
この一年戦争を、ジオンの兵として生き延びろ!
スニーカー文庫
SNEAKER BUNKO

MOBILE SUIT
GUNDAM
Lost War Chronicles
機動戦士ガンダム戦記
話題のガンダムゲームがオリジナル小説版で登場！
機動戦士ガンダム戦記
Lost War Chronicles《ロスト・ウォー・クロニクル》（全2巻）
著／林 譲治　原作／矢立 肇・富野由悠季
イラスト／逢坂浩司・川元利浩・木下ともたけ・永島智和（BEC）
©創通エージェンシー・サンライズ 2002
スニーカー文庫
SNEAKER BUNKO